LOCUS

LOCUS

LOCUS

LOCUS

RECREATION

# The Artificer's Heart
# 匠心
## The Ruba Trilogy

魯巴三部曲之一

**葉李華**

著

# 代序　倪匡的叮嚀

三年前，倪匡過世那陣子，好些記者和編輯想訪問我，我一律回以「大悲無言」，因為這四個字，足以反映我當時的心境。

消沉近一年後，我才振作起來，寫了一個科幻短篇紀念倪匡，並附上一段自我介紹：

原本只是科幻小說迷，二十五歲才迷上寫科幻小說。努力讀了一個物理博士，好讓幻想的科學不太離譜。由於太喜歡倪匡，忍不住替衛斯理寫了十本回憶錄。倪匡過世後難過得想封筆，後來想通了繼續寫作方能告慰他在天之靈。

且說三十多年來，倪匡一直鼓勵我創作中文科幻，他樂意做我的堅實後盾，然而我走了一大圈，才回到這個原點。

起初，是由於一個難得的機緣，我花了五年時間，翻譯艾西莫夫最具代表性的科幻長篇。出版後我興沖沖送了一套給倪匡，沒想到被他束諸高閣，最終還是轉送友人。發現那套書從他家書架消失，我忍不住追問原因，倪匡毫不諱言答道：「我對幾萬年之後、幾萬光年遠的故事興趣缺缺。」這時我才恍然大悟，難怪他筆下的科幻都是現在進行式。

然後，由於另一個機緣，我開始主辦「倪匡科幻獎」，風風光光辦了十屆。倪匡當然積極參與，卻不時私下提醒我，這類推廣工作固然重要，但是不一定「捨我其誰」。

而在倪匡封筆後，我自告奮勇，提議將衛斯理的故事做個總整理。倪匡二話不說欣然同意，但囑咐我不能只回憶舊事，必須做到新舊交融。

於是其後數年，我好似被衛斯理附身，用一個新故事串連衛斯理的一生，寫成洋洋十冊回憶錄。倪匡自己也讀得津津有味（文意汪洋，奇趣橫生，妙不可言），卻依然覺得有些遺憾，因為他堅信我的科幻應該自成一格（葉李華的科幻小說，最好的地方，是有他自己的風格，在一開始，就堅持這一點）。但在這套回憶錄中，我為了把衛斯理模仿得維妙維肖，不得不擱置這份堅持。

於是，我的下一個目標，是全然用自己的文筆，寫出倪匡也愛看的科幻小說。不過，接下來好長一段時間，我忙著恢復物理學家的身份，無法一心二用。倪匡瞭解情況後，主動來信鼓勵：「每天堅持寫，寫一句都好。」

我雖然沒有真的每天寫一句，仍時時刻刻把這個目標放在心上，某天終於開了竅，想到一個保證吸引倪匡的題材——我稱之為過去式科幻，因為倪匡最喜歡也最擅長「發思古之幽情」。

而且，故事的主角也不假外求。倪匡寫過一篇名為《三千年死人》的小說，主角魯巴是三千年前的古埃及人，仍被當今的「非人協會」破例收為會員，因為他的聰明才智與成就遠遠超越那個時代。

其實，當初撰寫「衛斯理回憶錄」的時候，我已經讓魯巴在第八冊客串出場，不過只能算驚鴻一瞥。這回，我打算搭配幾位歷史人物與傳說人物，發展出一個橫跨亞歐非的傳奇故事。不久我便將故事大綱報告倪匡，他立刻回信：「小說，氣魄就要大。」

可惜在倪匡有生之年，我一直沒機會正式動筆，卻也始終念念不忘對他的承諾。去年，我再度成為自由作家，終於能夠一頭栽進這個傳奇。

寫作過程中，耳畔響起倪匡多年前的叮嚀：「越鑽研科學，越綁手綁腳，也就越寫不好科幻。」當初我並不信服這句話，現在總算體會到這個真理。於是我索性徹底放飛自我，以近乎奇幻的筆法，創作這個發生於三千年前的科幻故事。結果順利得出乎意料，不到兩個月《匠心》便粗具雛型，其中科幻與奇幻的界線則消失於無形。

作為一個長篇，《匠心》本已自給自足，但在一位評友建議下，我開始構思後續的故事。或許是潛意識早已做好準備，我飛快擬出《慧眼》與《聖手》兩本續集的大綱，「魯巴三部曲」於焉誕生。

當年，衛斯理隻手開創中文科幻的新天地；如今，魯巴嘗試添加一抹既熟悉又陌生的雲彩。若能激起讀者諸君共鳴，我便能心安理得化悲為喜了。

二〇二五．第一個白色母親節

# 目次

# 楔子

三千年前，中國有位名為周穆王的天子，一生充滿傳奇色彩。

據說，他在位五十餘年，享壽一百零五歲。

據說，在他的臣子中有一名方士，擁有千變萬化的法術。

據說，他曾乘坐八駿馬車，日行萬里，登上崑崙山，抵達瑤池，和西王母把酒言歡。

據說，在西行途中，他經過好些僅見於《山海經》的古怪國度。

據說，這位周穆王，曾經從西域，帶回一個會唱歌跳舞的機器人……

◈

三千年前，西方有位叫作所羅門的國王，一生充滿神話色彩。

據說，他在位整整四十年，享有空前的財富與榮耀。

據說，在他的王宮裡，常駐著好些精通種種秘術的異邦智者。

據說，他曾在夢中與上帝相遇，獲賜超凡的智慧，能解答世間一切難題。

據說，他擁有一枚神秘的戒指，讓他得以召喚靈界千軍萬馬。

據說，這位所羅門王，曾興建一座宏偉的聖殿，親手將至聖的約櫃安放其中……

◈

然而，即使翻遍歷史文獻，也找不到這兩位君主有任何交集，更遑論互動。事實上，當時東西方交通發達程度，遠超過吾人所能想像，最有力的證據，就是近年新疆出土的天然木乃伊，不乏難以置信的上古混血兒——亞、歐、非各地人種的特有基因標誌，都能在他們身上發現！

因此，下面這個故事，確有可能發生過……

# 第一章

# 歌舞伶

# 1

遠遊崑崙的周穆王，一路歷盡艱辛，總算順利踏上歸途。這天黃昏，車駕抵達吐魯番盆地。夕陽西沉，為茫茫大漠披上一層金黃色薄紗；天際線上，殘陽猶如一團燃燒的火球，將天空染成絢麗的橘紅色。

穆王佇立在高處，遙望這片壯闊的景象。雖已年過半百，鬢角微霜，其雙眼依舊炯炯有神。經過數月的跋涉，穆王臉上刻滿風霜，卻絲毫未減損天子威嚴。

「啟稟大王，」一名御前侍衛上前稟報，「屬下已選好紮營之地。那兒有一處綠洲，水草豐美，正適合大隊車馬休整。」

穆王正要囑咐幾句，忽聞遠處傳來陣陣馬蹄聲，一名騎士飛馳而至。

「稟大王，」騎士翻身下馬，單膝跪地，「屬下奉命先至吐魯番打探消息。昨日，有一名自稱偃師的當地工匠，聲稱有珍奇發明要獻給大王。屬下已令他隨行，同時派人明查暗訪，探究此人底細。」

「哦？說來聽聽。」穆王來了興致。畢竟此番西行，除了宣揚國威、尋幽探勝，便是見識異域的奇珍異寶。

騎士畢恭畢敬答道：「這偃師乃吐魯番第一巧匠之子。其父名滿西域，精通機關之術，製造過無數的人偶和機關獸。據說，他們家族的技藝已傳承數代之久。」

「是嗎？」穆王撫鬚沉吟，「區區一個吐魯番，居然也有這等高人？」

騎士繼續稟報：「回稟大王，吐魯番雖地處邊陲，卻是東西交通要衝。此地雲集來自四方的能工巧匠，冶金鑄造之術尤其發達，屬下親眼所見，百姓已大量使用鐵器。而且，除了本地的吐火羅人，還有好些居民來自四面八方，甚至有少數中原人士。」

「中原人士？」穆王更加難以置信了。

「大王，千真萬確。偃師的母親便是道地中原後裔，她娘家代代懸壺濟世，在吐魯番頗有名望。這偃師自幼聰穎好學，早就把父母的本領學透了。」

穆王低頭輕撫長鬚：「這麼說，那偃師倒是個家學淵源的奇人，他可有什麼拿得出手的作品？」

騎士從懷中取出一個精緻的錦盒，雙手恭敬呈上。「回稟大王，偃師的作品極少外流。屬下多方打探，好不容易尋得一件他少年時的習作，已高價購得，請大王過目。」

穆王接過錦盒，緩緩打開。只見盒中躺著一片晶瑩剔透的雲母，在夕陽餘暉下閃爍奇異的光芒。

「此物……」穆王將那片雲母舉到眼前，微微皺眉，「有何特別之處？」

「請容屬下為大王演示。」騎士小心翼翼從穆王手中取回雲母，「大王若將此物對著陽光細看，便能發現其中隱約有個人影。觀看得越久，便越覺得栩栩如生。」

穆王將信將疑，有樣學樣照做一遍。果然，在雲母片中央，隱約可見一個模糊的人影。而且隨著雲母的轉動，人影也在變換姿態，好似真的活了起來。

穆王不禁由衷讚嘆：「妙哉！此等技藝，寡人聞所未聞。偃師既有如此神通，寡人豈有不見之理？速去，將那偃師帶來。」

## 2

夜幕降臨，星光乍現。周穆王的大營內，火把熊熊燃燒，將營地映照得一片通明。

穆王高踞主帳中央，身穿藍底金紋長袍，頭戴十二旒冕冠，威嚴不可逼視。帳內香氣繚繞，幾縷青煙緩緩上升，為此情此景增添幾分神秘色彩。

侍衛帶領一名約莫三十歲的男子步入帳中。這男子身形修長，臉孔輪廓柔和，略帶些微稜角，一雙眼眸閃爍著智慧的光芒；其五官既有吐火羅人的深邃，又有中原人士的細緻。他身穿樸素整潔的吐魯番長袍，舉止從容，氣質儒雅。在他身後，還跟著一名容貌清秀的少年。

「吐魯番草民偃師，覲見周天子！」偃師跪地叩首，以大禮參拜穆王。他的聲音沉穩有力，巧妙掩飾了內心的緊張。

穆王端詳偃師一番，又將目光掃向他身後的少年。「後面那位，是你的徒弟，還是跟班？」穆王問道。

偃師抬起頭，嘴角微微上揚，眼中閃過自信的光芒。「回稟大王，非也，它是草民親手製造的假人。雖為假人，但它唱歌跳舞無所不能。草民斗膽，欲將它獻給大王。」

穆王仔細打量那「假人」，只見它舉手投足無不像個活生生的真人，不禁心中暗忖：莫非這偃師在愚弄寡人？

偃師似乎察覺到穆王的疑慮，逕自站起身來，不疾不徐地走到假人身邊。只見他的雙手靈巧地在假人身上輕輕捏動，彷彿在操縱精密的機關。突然，假人開口唱起婉轉動聽的曲子，聲音清亮悅耳，絲毫聽不出機械的生硬。偃師又捧起假人的手，它便隨著音樂翩翩起舞，動作如行雲流水，毫無滯澀之感。

帳內眾人無不驚嘆，唯獨穆王若有所思。片刻後，穆王忽然想起一句古語：「假亂真兮，真亂假。」

「好個偃師，膽敢以真亂假，你可知欺君之罪？」

偃師聞言，臉色微變，但很快便恢復冷靜。他緩緩跪下，額頭輕觸地面。「大王明鑒！草民所言句句屬實，絕無半點虛言。這假人確是草民製造的機關，絕非真人假扮。草民願以性命擔保，還請大王明察！」說罷，偃師額頭開始冒出冷汗，以致沾上好些泥土。

穆王依舊滿臉狐疑，冷哼一聲，質問道：「既然是假人，想必能做些人力難及之事？譬如飛簷走壁，開碑碎石，或是水火不侵，刀槍不入？」

「大王，恕草民直言。」偃師抬起頭，不卑不亢地辯解，「草民製造這假人的宗旨，乃是完全模仿真人的構造和能力。若讓它做超乎常人之事，不僅有違造物的本意，更是逾越了自然法則。」

「此話怎講？」穆王挑了挑眉。

偃師緩緩起身，眼中閃爍出堅定的光芒。「請容草民打個比方。大自然創造飛鳥，賦予牠們翱翔天際的能力；造就游魚，讓牠們能在水中自由遨遊。但鳥兒再靈巧，也無法活在水中；魚兒再敏捷，也不能飛到天上。萬物各有所長，各有所限，此即自然法則，或曰造化意旨。草民製造這假人，正是遵循這千古不易之法則。」

他頓了頓，目光與穆王短暫相接，又繼續道：「況且，人乃萬物之靈。若是賦予假人超越常人的能力，豈非僭越造物主的智慧，貶低了人的尊嚴？草民孜孜矻矻鑽研造人之術，為的是輔佐人類，而非取代人的地位。」

這番言論環環相扣，毫無破綻，說得穆王啞口無言。帳內一片寂靜，只有幾束火把燒得劈啪作響。偃師等在一旁，滿心希望穆王能轉怒為喜，沒想到穆王始終陰晴不定。

良久，穆王才開口道：「這番言論倒是頗有見地。不過……」

## 3

「巧言令色，難掩欺君之罪！來人，把這胡人拖出去問斬！」

偃師臉色驟變，雙手微微顫抖，但仍勉力保持鎮定。「大王且慢！」他沉聲道，「草民斗膽，求大王允許……」

穆王似乎不想再聽偃師辯解，只是揮了揮手，兩名侍衛隨即衝上前來。

偃師急中生智，對假人做了一個奇怪的手勢。說時遲那時快，只見假人雙手在胸前一抓，便像是被無形的利刃剖開胸腹，五臟六腑瞬間裸露在外！

穆王瞪大雙眼，不由自主站起身來，緩步走近假人，俯身仔細端詳。在搖曳的火光下，穆王看到了難以置信的景象——肝、膽、心、肺、脾、腎、腸、胃，以及骨骼、關節、皮膚、汗毛，雖然應有盡有，卻沒有一樣是真的。這些「器官」全都是由皮革、木材、膠水、生漆和各色顏料巧妙製成。

「這……這怎麼可能？」穆王伸手摸了摸假人的「心臟」，感受到一種溫潤而堅韌的質地，顯然是精緻的革料製成。

直到這時候，偃師一顆心才終於放下，他微微一笑，指著假人說：「啟稟大王，這便是草民的心血結晶，每個部件都是模仿人體精心打造，務求做到以假亂真。」

穆王沉默了片刻，忽然好奇心大起，問道：「既然是假人，只要有手有腳有五官，便能唱歌跳舞。為何還要費盡心思，製作這些看不見的內臟？」

偃師心中竊喜，連忙答道：「大王問得極是，請容草民詳細稟告。」

穆王「嗯」了一聲，偃師便從容地話說從頭：「欲打造一個栩栩如生的假人，必須處處師法自然。家母精通醫術，草民自幼耳濡目染，深知人體乃是精密至極的機關，每個臟器各司其職，缺一不可。」他指了指假人的心臟，「譬如，中原醫家典籍有云『心開竅於舌』，意思正是舌頭受心臟指揮……」

穆王湊近一看，果然發現「心臟」旁邊連接一條半透明的細管，一路延伸到假人的口腔。「寡人看明白了，」穆王又驚又喜，「你仿造的經脈，連通了假人的心臟和舌頭。」偃師連連點頭，臉上堆滿笑意。

穆王越想越覺得有趣，追問道：「那麼，所謂的『肝開竅於目』呢？你的假人想必也有這條經脈吧？」

「大王學識淵博，草民佩服之至。」偃師指著假人的肝臟，「請看，肝臟的經脈雖主要向下走，但有一條支脈，的確連通雙目。」

「妙哉！」穆王忍不住讚嘆，「如此說來，若是拆掉這條支脈，你的假人就會失明？」

偃師使勁點頭：「正是如此。同理，若是拆掉心臟的經脈，它就會成為啞巴，再也無法言語，更遑論歌唱了。」頓了頓之後，他又補充道，「草民製作這假人時，曾反覆研究各種可能，敢說每個部件都經過千錘百煉。」

穆王繼續觀察假人各個部位，不時發出讚嘆。偃師則耐心回答每一個問題，且偶爾有驚人之語。

聽得如癡如醉的穆王，良久才直起身，露出心滿意足的表情。「這假人還能復原嗎？」

「不在話下！」偃師躬身領命，一雙巧手在假人身上飛快操作。不一會兒，假人又完好如初，絲毫看不出曾經被「開膛破肚」。

這神奇的一幕又一幕，令穆王不禁感慨萬千。「偃師啊偃師，你的技藝，當真是巧奪天工！」

## 4

夜幕低垂，繁星點點。大帳內，一場豐盛的宴席已準備就緒，香氣四溢的菜餚擺滿案几，晶瑩剔透的美酒盛滿玉杯。

穆王高坐首位，身著華麗錦袍，威嚴中透出幾分輕鬆。衣著樸素的偃師坐在一旁，眼中透出自信的光芒，再也不見原先的拘謹畏縮。

「來吧，偃師，」穆王開始勸酒，「此乃西王母所賜『崑崙液』，今宵不妨暢飲。」

酒過三巡，穆王臉上泛起微醺的紅暈，但雙眸依舊炯炯有神。「那假人，可還有其他奧秘？」穆王湊近偃師，壓低聲音問。

「回稟大王，造人之術博大精深，草民所學雖不過皮毛，但若細表，仍能講上三天三夜。」此時偃師也有幾分酒意，雙手不自覺比劃起來，彷彿在描繪某種精密的機關。

「是嗎？」穆王一挑眉，「說！」

偃師開始娓娓道來：「比如說，草民曾經仔細研究人眼的構造，發現瞳仁會隨光線強弱而縮放。為了模仿這特性，草民在假人的眼睛裡，裝置了一個精巧的機簧……」他越說越起勁，深邃的眼眸閃爍著光芒，整個人似乎沉浸在機關人偶的技藝中。

直到偃師的陳述告一段落，穆王方開口道：「你這等人才，留在西域著實可惜。隨寡人回中原吧，封你為天工一級巧匠如何？」

偃師臉上閃過一絲複雜的神情，一雙巧手不自覺地摩挲衣袖。他低頭沉思良久，才神色凝重地說：「大王隆恩，偃師感激不盡。只是……」

「只是什麼？」穆王揚眉問。

偃師深吸一口氣，鼓起勇氣答道：「啟稟大王，草民斗膽獻上假人，其實另有隱衷……」

見偃師面露猶豫之色，穆王慨然道：「但說無妨！」

偃師遂吐露實情：「近來，有神秘人物三番兩次潛入草民的作坊，顯然是想竊取造人之術。」

「何人如此大膽？」穆王瞪大眼睛，酒意頓時消了大半。

偃師答道：「據草民研判，他們並不屬於西域任何民族，很有可能是來自西方的阿利安人。」

「阿利安人？」穆王皺眉道，「寡人竟不知天下還有此一民族。」

傴師答道：「天地之大，何止萬邦萬民。阿利安人來自極西之地，比大王造訪的崑崙瑤池更加遙遠。正所謂非我族類，其心必異，我家祖傳造人之術若遭其竊取，後果不堪設想；倘使再輾轉落入奸人手中，則勢必釀成大禍！」

穆王若有所悟，示意傴師繼續說下去。

「若不查明這批人的來歷和目的，草民永遠寢食難安。因此……」他頓了頓，斟酌了一下用詞，「草民才以託孤之心，將這假人獻給大王，以求無後顧之憂，得以隻身前往西方，徹查此事根由。」

穆王聽罷，久久不語，帳內頓時陷入寂靜。良久，穆王才長嘆一聲：「既然你心意已決，寡人也不便強求。只是，你獻上如此稀世奇珍，寡人豈能讓你空手而歸！來而不往非禮也，你帶上這宮女同行吧，一路上也好有個照應。」

說罷，穆王使了一個眼色，一名身材高挑的年輕宮女便款款走到傴師面前。

傴師悄悄打量她一眼，只見她烏髮如瀑，肌膚勝雪，眉宇間隱約可見一股英氣，卻又不失女子柔美。那宮女顯然察覺到傴師的目光，大方地對他淺淺一笑。傴師連忙收回視線，暗自嘆息一聲，像是內心做了一番激烈交戰。

然後，傴師一面躬身謝恩，一面婉言推辭：「承蒙大王厚愛，傴師感激涕零。然而此去路途遙遠，吉凶難卜，帶著一名女子，草民實有不便。」

穆王聞言，立時哈哈大笑：「傴師啊，你可是聰明一世，糊塗一時。寡人豈會讓一個弱女子拖累你？來，柳兒，且讓偃師見識見識你的本事！」

話音未落，那位名叫柳兒的宮女已翩然躍起，轉瞬間便穩穩落在數丈之外。緊接著，她又接連施展了幾個身法，時而飄若浮雲，時而矯若游龍。此等絕妙輕功，已遠勝傳說中的飛簷走壁。

偃師看得目瞪口呆，心中卻已轉了十七、八個念頭。

「如何？」穆王得意問道，「柳兒名為宮女，實為寡人貼身護衛。有她這等高手跟隨，保你一路平安，你萬萬不可辜負寡人這番心意。」

偃師這才恍然大悟，連忙拜謝：「多謝大王成全！草民這就偕同柳姑娘啟程，定當不負王恩，竭力查明真相！」

夜色已深，偌大的營地靜寂無聲。偃師與柳兒悄然離開大帳，牽了兩匹駿馬，投向無邊的黑暗……

# 第二章

# 追蹤蟲

# 1

坎達哈城巍然聳立於阿爾甘達布河谷，四面環繞著蒼茫的高原與連綿的山脈。直到三千年後的今天，這座城市仍是阿富汗共和國的第二大城。

晨曦初現，燦爛的陽光自東方緩緩爬升，為全城披上一層柔和的光暈。高大的城牆環抱整座古城，如同一條蜿蜒的巨龍。城牆由黃土磚砌成，在晨光中泛著溫潤的金黃色，彰顯了這座城市悠久的歷史與堅實的防禦。

漫長的西行將偃師和柳兒帶到了這座雄偉的城市。這時，他們正站在城外，仰望著這座已有千餘年歷史的古城。

「坎達哈！」偃師長吁了一口氣，深邃的眼眸射出兩道精光。

柳兒並未答話，只是謹慎地觀察這座陌生的城市。雖然風塵僕僕，依然難掩她天生的英氣。

不多時，他們便跟隨絡繹不絕的商隊，穿過了高大的城門。甫一進城，濃郁的香料氣息立即撲面而來，夾雜著皮革和烤肉的味道。街道兩旁是一排排低矮的泥磚房屋，平頂的設計與中土截然不同。

兩人邊走邊看，感受著這座城市的獨特魅力。坎達哈作為東西交通要衝，每天都有無數商旅往來。街道如同縱橫交錯的脈絡，將整座城市緊密聯繫在一起。主幹道寬闊筆直，小巷則彎彎曲曲，充滿神秘感。

「好熱鬧！」柳兒不自覺地驚呼。只見街道上人來人往，摩肩接踵；路邊擠滿形形色色的攤販，琳琅滿目的商品令人目不暇給。

偃師的目光突然被一個賣香料的攤位吸引。老板是個鬍鬚花白的老人，身著寬大的袍服，頭戴綴有金線的包頭巾，他熟練地將各色香料堆成小山，宛如一幅色彩鮮艷的畫作。

「看他這種打扮……」偃師想了想，「看來，我們得換身行頭了。」

柳兒會意地笑了笑：「是啊，再穿中土的衣裳，和臉上寫著『外來人』三個字沒兩樣！不過，這裡的服飾穿起來應該很舒適。」

兩人穿梭在熙來攘往的人群中，細心觀察當地人的穿著。男子們大多身穿寬鬆的長袍，腰間繫著彩帶；女子則頭戴輕紗，披著色彩斑斕的披肩。偃師和柳兒交換了一個眼神，不約而同點了點頭。

沒花多少工夫，他們便找到一家成衣鋪。偃師選了一件樸素的灰色長袍，柳兒則挑了一件藍底金紋的罩衫，外加一條淡黃色頭紗。換好衣裳，兩人像是脫胎換骨，瞬間成了一對土生土長的俊男美女。

「看那些商隊，」偃師指了指遠處一群牽著駱駝的商人，「他們可能來自更遠的西方。」

柳兒一臉嚴肅道：「那些神秘人物，或許就藏在這些商隊之中。」

傀師點頭表示贊同：「沒錯，我們得保持警惕，但可別打草驚蛇。」然後，他話鋒一轉，「這座城市的規模和繁華，遠超過我的想像。你覺得和大周京城相比如何？」

柳兒沉思片刻，答道：「各有千秋吧。鎬京氣勢恢宏，象徵中土的繁盛；坎達哈雖然規模較小，卻像一個大熔爐，融合了各地的文化。這種多元化的氛圍，反而讓我更加嚮往。」

「說得好。各方文化的交融，或許正是這條貿易路線最珍貴的財富。」

聊著聊著，兩人不知不覺走到一處開闊的廣場。廣場中央矗立一座巨大的雕像，雕工精美，但風格明顯不同於中土的藝術。

「那是誰的雕像？」柳兒好奇地問。

傀師仔細端詳了一會兒，最後搖了搖頭。「我也說不準。不過從他的裝扮看來，應該是一位統治者，或是民族英雄。」

逛了大半天，傀師終於提議：「還是先找個落腳處吧。然後，我們再好好規劃接下來的行動。」

柳兒點頭同意，兩人便向熙熙攘攘的街道走去，消失在川流不息的人群中。

## 2

夜幕低垂，坎達哈古城漸漸安靜下來。在一間簡陋的客棧裡，傀師和柳兒透過窗戶望著天上的繁星，不約而同陷入了沉思。

「柳兒，」偃師忽然輕聲道，「想不到我們真的到了這麼遠的地方。」聲音中帶著些許感慨。

柳兒點了點頭，眼神顯得有些迷茫。「是啊，這一路上，我們經歷了太多事……」她有點心不在焉，似乎正回味著旅程中的點點滴滴。

偃師的思緒也不禁回到離開吐魯番那天。想當初策馬揚鞭，朝西方奔去，那時，他們完全不知道將面對一趟怎樣艱辛的旅程。

「還記得我們沿著天山趕路的情景嗎？」偃師問。

柳兒笑了笑：「怎麼可能忘記！那可是我這輩子見過最雄偉的景象。」她流露出懷念的神情，「那些終年積雪的峰頂，彷彿近在眼前，卻又遙不可及！」

是啊，天山的奇景確實令人難忘。巍峨的雪峰直插雲霄，山腰的針葉林綿延不絕。他們沿著羊腸小道蜿蜒前進，不時能看到山澗的激流。寒風凜冽，卻難以澆熄他們心中的熱情。

「過了天山，就是蔥嶺了。」偃師露出神往的表情。

「對，那兒的空氣稀薄得讓人喘不過氣來。幸好我們準備了防寒的皮裘，否則恐怕很快就凍僵了。」柳兒不自覺打了個寒顫，像是又感受到刺骨的寒風。

高原的景象陡然浮現他們眼前，草甸一望無際，其間的冰蝕湖則有如天空的雲朵。

他們曾在一位牧民的氈房裡借宿，感受了高原人民的熱情好客。「那些遊牧民族的生活方式，令我佩服不已。」傴師感慨道，「他們在如此惡劣的環境中生存，卻依然保持樂觀和善良。」

柳兒若有所感地說：「也許正是這種艱難的生存環境，塑造了他們堅韌的性格。」

「最讓我印象深刻的，」傴師繼續回憶，「還是穿越高原之後，來到大草原的那一刻。」

柳兒眼睛一亮：「對！突然間，視野變得無比開闊，天地間彷彿只剩下一望無際的綠色。那種自由和壯闊的感覺，我至今難忘。」

兩人憶起在草原上的日子，和煦的陽光灑在綿延起伏的草地上，不時可見成群的野馬在遠處奔馳。「那片草原上的遊牧民族，」柳兒追憶道，「他們的騎射技巧令人嘆為觀止，我從未見過如此靈活的騎士。」

傴師深表贊同：「確實如此。他們如同與馬匹融為一體，那種默契是中土騎兵難以企及的。」

柳兒語重心長道：「這趟旅程，讓我明白了天下之大，無奇不有。不同的地方，有著不同的生活方式，不同的信仰，不同的智慧……」

聽柳兒這麼說，傴師也開始分享自己的體悟：「這些經歷，讓我對機關術有了嶄新的認識。也許，精湛的技藝並不僅僅萌生於智慧，更在於對這個世界的深刻理解。」

「話說回來……」柳兒的語氣突然變了，「我們此行的目的，並非增廣見聞。」

「我當然沒忘記。」傴師趕緊收回追憶，板起了臉孔，「我們得盡快確認那些神秘人物的動向。」

夜深了，偃師和柳兒各自躺下，但兩人都難以入眠。在他們腦海中迴蕩的，除了一路的種種經歷，還有等在前面的艱難險阻。

偃師望著窗外的夜空，喃喃自語：「我們一定要查明真相，不能讓那些人的陰謀得逞。」

## 3

直到三更半夜，偃師仍舊輾轉難眠。他想強迫自己入睡，腦海中卻浮現吐魯番家鄉的作坊。那可算是此行的起點，也是一切謎團的開端。

那是個寂靜的夜晚，月光如流水般灑落在作坊地板上。偃師獨自一人坐在工作檯前，全神貫注地製作一種特殊的機關——追蹤蟲。在油燈的映照下，他手中的工具閃爍著微弱的光芒。

這是偃師潛心研究多年的成果，它們外形酷似尋常小蟲，其實是由精巧的機關構成。每隻追蹤蟲不過黃豆大小，藏在指縫都不顯眼。這種小巧玲瓏的裝置，不但傳承了偃師祖上的智慧，還凝聚了他自己多年的心血。

「千萬要小心，」他提醒自己，「這步驟可是關鍵。」他的聲音細不可聞，像是怕驚擾深夜的寧靜。

說罷，偃師將一片薄如蟬翼的金屬放在凸鏡下，拿起一把極細的鑿子，在金屬片上小心翼翼刻下複雜的紋路。他的動作精準而優雅，彷彿在進行一場神聖的儀式。

「若做得不夠精細，恐怕連一里路都追蹤不了。」他眉頭微蹙，顯露出一絲不苟的個性。雕刻完了紋路，偃師又取出一塊翠綠的玉石。這玉石產自和闐，具有引導信息的奇效。他將玉石磨成細粉，填入追蹤蟲的腹部。在微光照耀下，蟲腹中的玉粉泛著柔和的光澤，似乎已經出現感應。

「有了這個感應，」偃師笑了笑，「就算相隔百里，也逃不出我的掌心。」他眼中閃過一絲自豪，但只是一閃即逝。

最後，他將一層薄蠟塗在追蹤蟲表面。這層蠟不僅能保護精巧的機關，更能模仿真蟲的觸感。即使再謹慎的人，也難以察覺這小蟲的異常處。

大功告成後，他將追蹤蟲放入一個特製的木盒。這木盒暗藏玄機，只要輕輕一按，追蹤蟲便會從盒中飛出，悄無聲息地附著在最近的物體上。

「就這樣吧，」偃師舒了一口氣，「明天就找個機會，讓那些神秘人物不知不覺沾上！」

回憶至此，偃師轉頭望向一簾之隔的柳兒，心中升起幾分愧疚。起初，他對柳兒仍有提防，將近過了一個月，才讓她知道這個追蹤方法。後來每當想到這件事，他都不禁感到慚愧。

「柳兒，」偃師輕聲道，「謝謝你一直陪在我身邊。」他刻意壓低聲音，生怕驚醒熟睡中的她。

夜深了，偃師終於感到倦意襲來，他再次閉上眼睛，這次很快就進入夢鄉。夢中，無數的追蹤蟲化作星星，指引著他們前進的方向。

## 4

晨光熹微，昨夜的種種回憶仍縈繞在偃師腦海，尤其是想起一路上遇到的語言障礙，讓他不禁又皺起眉頭。「柳兒，」偃師輕聲道，「你有沒有覺得，我們越往西走，越聽不懂當地的語言？」

柳兒點頭道：「確實如此。我記得離開吐魯番好些時日後，你還能跟路人相談甚歡。」

偃師嘆了一口氣，心想：在天山腳下，他能用流利的西域方言跟牧民討價還價，換取一些乾糧和水囊。可是到了蔥嶺，情況就不同了。

「那個牧羊人，」偃師苦笑了一聲，「我跟他說了半天，他只是一個勁兒地搖頭。那時我才真正意識到，我們已經走得太遠了。」

柳兒露出調皮的表情：「是啊，最後還是靠比手劃腳，他才明白了我們想買羊奶酪，那可真是一場有趣的默劇表演。」

偃師以挫敗的口吻道：「到了大草原，情況就更糟了。」他想起在草原上遇到的遊牧部落。當那些勇士們圍著營火，高聲談笑，偃師卻只能從他們的表情和手勢猜測談話的內容。那種無助感，令他至今難以忘懷。

「我自認精通多種西域語言，可是出了天山，就幾乎一個字也聽不懂了。」

柳兒卻突然饒有深意地說：「既然語言不通，或許，我們就更要『用心』聆聽。」

偃師若有所悟：「嗯，你這句話提醒了我，也許，我們真該換個方式。與其強求聽懂每一句話，不如多觀察人們的表情和動作，說不定能有意想不到的收穫。」他眼睛一亮，彷彿看到了新希望。

「有道理。」柳兒道，「再說，我們不是有追蹤蟲嗎？它們可不會因為語言不通就失效。」她俏皮地眨了眨眼睛。

偃師點了點頭：「你說得對，追蹤蟲最值得信賴。」

## 5

正午時分，偃師和柳兒穿梭於熙攘的市集之間。周遭的叫賣聲和討價還價聲此起彼落，對偃師而言卻與噪音無異。他正懊惱之際，忽然發現柳兒的神情有些異樣。

「你怎麼了？」偃師關切地問。

柳兒微微一笑：「你聽，那邊的商販在說什麼？」

偃師仔細聽了一會兒，只聽到一串串陌生的音節。「我完全聽不懂。」他搖了搖頭，語氣中難掩失落。

「我認為他在說，嗯，新鮮的葡萄，甜美……嗯，甜美又多汁。」

偃師驚訝地瞪著柳兒，問道：「你……你是怎麼知道的？」

「我也不太清楚，」柳兒有些困惑，卻又難掩興奮，「就是覺得這些聲音似曾相識，好像在哪裡聽過。仔細想一想，意思就浮現腦海了。」

偃師不禁倒吸一口涼氣。他想，身為周穆王的貼身護衛，柳兒自小接受種種嚴格的訓練，或許這種非凡的語言能力，也是訓練的一環？

「柳兒，」偃師試探性地問，「你以前有過這種經歷嗎？」

柳兒搖了搖頭：「未嘗有過。也許是因為我們一路走來，經過太多地方，聽到太多不同的語言。慢慢地，我就覺得能從其中找到規律了。」

「真是天無絕人路！柳兒，你的這項本領，對我們的任務太有幫助了。」偃師的雙眼射出興奮的光芒。

柳兒卻謙虛地說：「我也只是略懂皮毛。不過，我會盡力幫忙的。」

兩人繼續在市集中穿行，柳兒不時為偃師翻譯著周圍的言談。起初只是零星的隻字片語，漸漸地，她越來越熟練，能翻譯出完整的對話了。

不論對柳兒或偃師而言，這都是新奇有趣的體驗。夕陽西下，兩人依舊在坎達哈的街道上穿梭，捨不得返回客棧。

## 6

來到坎達哈的第三個清晨，偃師早早醒來，照例先查看隨身攜帶的玉珮。這玉珮看似普通，實則是感應追蹤蟲的裝置。然而不知為什麼，玉珮今天毫無反應，彷彿沉睡了一般。

「不好！」偃師大叫一聲，驚醒了熟睡中的柳兒。

「怎麼了？」柳兒警覺地坐起來，右手迅速摸向藏在枕下的匕首。

偃師神色凝重道：「追蹤蟲的信號……消失了。」

柳兒瞪大了眼睛：「怎麼會？是不是玉珮出了問題？」她迅速起身，來不及梳妝便推開簾子，跑到了偃師身邊。

「我每天都會仔細檢查，玉珮一直運作正常，問題應該出在追蹤蟲身上。」偃師輕撫著玉珮表面，像是在尋找什麼蛛絲馬跡。

「會不會是距離太遠了？」柳兒問。

偃師苦笑道：「考慮到可能要跨越大漠，我當初設計時，刻意將感應範圍擴大到百里之遙。除非那些神秘人物一夜走了兩百里，否則我們不可能失去信號。」

柳兒眉頭緊鎖：「那麼，就只有兩種可能了，或是追蹤蟲全部失效，或是……」她突然打住，不想說出第二個可能性。

「或是被人破壞了。」傴師神情更加凝重，開始在房間裡來回踱步。柳兒靜靜地看著他，不敢再出聲打擾。

「我們得立即行動，」傴師突然停下腳步，「不能讓那些神秘人物逃出我們的掌控。」

柳兒思考片刻，突然眼前一亮。「既然我已經掌握了此地的語言，何不假扮成當地人，在城中打探消息？」

傴師眼中閃過一絲讚賞：「好主意！我們分頭行動，你去打探消息，我來找找追蹤蟲失效的原因。」

當柳兒準備就緒，披上頭紗正要出門時，傴師突然叫住她。「小心，」他輕聲道，「若有任何發現，立即回來商議，千萬別逞能。」

柳兒點了點頭，露出甜美的笑容。「你也是，別太專注工作，忘了留意周遭動靜。」

兩人相視一笑，一切盡在不言中。

## 7

暮色四合，柳兒回到客棧便立刻關上門，並仔細檢查了每一扇窗戶，確保沒有被人暗中窺視。

「有什麼發現嗎？」傴師低聲問。

柳兒無奈地搖了搖頭。「你呢？」

偃師吁了一口氣：「追蹤蟲確實是遭人破壞。我試了幾種方法，總算又在玉珮上看到信號，可是那些信號始終沒有移動。後來，我決定親自去看看，果然在市集一個角落，找到了幾隻殘骸。」他的聲音透出明顯的懊惱。

柳兒望著偃師，鄭重其事問道：「那麼，你有什麼想法？」

偃師緩緩道：「既然追蹤蟲失效了，就得設法重新安裝。所以，首要任務當然是引他們現身。」

「引他們現身？」柳兒有些遲疑，「不是很冒險嗎？」

偃師露出一抹苦笑：「的確很冒險，但這是我們唯一的機會。想想看，既然他們對機關術那麼感興趣……」他故意停下來，等待柳兒趕上他的思路。

柳兒瞬間便想通了，興奮地說：「你的意思是，可以利用你的機關術引起他們的注意？」

「沒錯。」偃師道，「但是，又不能做得太明顯。」

兩人隨即陷入沉思，屋內一時寂靜無聲，只有窗外傳來陣陣微弱的蟲鳴。突然，柳兒眼睛一亮：「我想到了！我們可以假扮成跑江湖賣藝的。」

偃師想了想：「賣藝？這倒是個不錯的主意。可是，要怎麼把機關術融入其中呢？」

他用手指輕輕敲打桌面，思考著各種可能性。

柳兒眼中射出智慧的光芒。「你還記不記得，穆王曾說人偶應該能做到人力不及之事，比如飛簷走壁。」

傴師立時恍然大悟：「妙極了！你來扮演機關人偶，表演一些常人難以做到的動作。憑你的武藝，絕對不成問題。」

柳兒隨即接過話頭：「而你，扮演製造神奇人偶的工匠。不！其實那就是你，根本不必扮演。」說罷，她還俏皮地眨了眨眼睛。

傴師激動地站起來，毅然決然道：「就這麼定了！我們明天便去市集中心表演。」

「不過，」柳兒提醒道，「我們需要準備一些特殊的服裝和道具，讓我看起來更像機關人偶。」

傴師使勁點了點頭：「有道理，我可以將金屬粉末混在油彩中，讓你的皮膚看起來活脫是金屬。」

兩人越說越興奮，他們從油彩討論到服裝，又從服裝討論到道具，以及表演的種種細節，甚至連可能的突發情況都一一考慮了。

因為他們知道，必須做好最充分的準備，才能在這場危險的遊戲中佔得先機。

## 8

等到一切準備就緒，已是夜深人靜時分。傴師翻來覆去，始終難以成眠，他索性坐起來，輕聲喚道：「柳兒，你睡了嗎？」

「還沒有。」柳兒的聲音從簾子後面傳來，「你是不是又想到什麼了？」

「我在想穆王的論點，他認為機關人偶應該能做到常人做不到的事。」

柳兒掀開簾子，好奇地望著偃師。「這和我們的計畫又有什麼關係？」

偃師若有所思道：「飛簷走壁、開碑碎石這些絕技，雖說常人做不到，並不代表沒有例外，比如眼前的你！」

「你是說……」柳兒流露出理解的神色。

「沒錯，」偃師答道，「我們必須讓人相信，我真的製造出一個足以亂真的人偶。因此，除了展示超越常人的能力，還得設法證明你並非血肉之軀。」

「要怎麼證明？」柳兒顯得十分期待。

偃師沉吟片刻，忽然心生一計：「我可以在表演中安排一個『拆解』的橋段。比如說，假裝把你的手臂拆下來，然後再裝回去。」

柳兒驚訝地瞪大眼睛：「這……能行嗎？」

「放心，山人自有妙計。」偃師跳下床，「我連夜準備一下道具，保證能騙過每一雙眼睛。」

「好！就這麼辦。偃師大哥，我對你有信心。」

窗外，坎達哈的夜色越來越深，屋內兩人的精神卻越來越好。

# 9

次日破曉時分，市集逐漸熱鬧起來，商販們正忙著擺放貨物，空氣中瀰漫著香料和烤餅的香氣。偃師和柳兒的到來引起不少好奇的目光，他們只好強作鎮定，裝作若無其事。

偃師環顧四周，最後指著一處略微寬敞的空地，道：「就這兒吧。這個位置視野開闊，既能吸引足夠的觀眾，又便於觀察周圍的動靜。」

柳兒默默點了點頭，眼神中透出期待，以及些許緊張。

偃師隨即開始布置場地，首先從背簍中取出一塊破舊的地毯，小心翼翼鋪在地上。這地毯是偃師精心準備的舞台，其中暗藏玄機。然後，他又取出幾件奇形怪狀的道具，擺放在地毯四周。這些道具既能吸引觀眾的注意，又能在關鍵時刻發揮障眼的作用。

「裝扮一下吧。」偃師從懷中掏出一個小盒子，裡面裝著昨夜特製的油彩。

柳兒嫣然一笑，便拿著小盒走進一條小巷。當她重新出現時，渾身呈現一種金屬般的光澤，眼眶周圍還點綴著奇異的紋路，活脫一個精巧的機關人偶。

「很好！」偃師退後一步，滿意地打量自己的「傑作」。柳兒的裝扮毫無破綻，連偃師都快要相信她真的是人偶。

這時，市集上已經十分熱鬧。來往的人群好奇地望著這對奇特的組合——一個衣著樸素的壯年男子，和一個看起來像是機關人偶的年輕姑娘。

柳兒深吸一口氣，開始大聲吆喝：「諸位鄉親，快來瞧瞧！前所未見的機關奇術，包您大開眼界！」她的聲音清脆悅耳，很快就吸引了不少人的注意。

不一會兒，已有二、三十人被吸引過來，圍成了一個圈。偃師見時機成熟，衝著柳兒使了一個眼色，然後轉向圍觀人群，以洪亮的聲音說：「諸位請看，這個機關人偶可不是普通的玩具，而是凝聚天地精華的神奇造物！」

柳兒將偃師的話翻譯了一遍，隨即輕盈地一躍而起，在空中翻了個觔斗，穩穩地落在地毯正中央。

圍觀群眾發出一陣驚叫。等到叫聲漸歇，人群中忽然傳來一個冷冷的聲音：「哼，這算什麼了不起的本事？」

偃師和柳兒交換了一個眼神，彷彿在互相提醒：真正的考驗開始了！

## 10

那挑釁的聲音打破了和諧的氣氛，卻也為即將展開的表演增添幾分戲劇性。

偃師深吸一口氣，朗聲道：「既然這位朋友有所質疑，請務必繼續看下去。」柳兒隨即用悅耳的聲音將這句話翻譯出來，引得周圍眾人更加好奇。

說罷，柳兒突然騰空而起，身體在半空中轉了三周半，最後落在十步開外一個攤位的頂棚上。她的動作輕盈如燕，好似地心引力在她身上絲毫不起作用。

人群中爆發出一聲聲驚嘆：

「天哪！」

「這真是人偶嗎？」

「怎麼可能如此靈活？」

「莫非是女神下凡？」

不等眾人回過神來，柳兒又一個箭步衝向附近的旗桿。只見她沿著光滑的木桿輕巧攀爬，眨眼間就爬到了頂端。她以金雞獨立的姿勢站在桿頂，俯視下方目瞪口呆的觀眾，臉上浮現一抹得意的微笑。

「這……這怎麼可能？」又有人驚訝地喊道。

柳兒提高音量，聲音中刻意帶著些許機械感：「這是真正的飛簷走壁，只有機關人偶做得到，你們有誰能模仿嗎？」

話音未落，柳兒已經從桿頂躍下。許多人忍不住發出尖叫，以為她會摔個粉身碎骨。誰知柳兒在半空中一個翻身，便如一片羽毛般輕盈地落到地面。

觀眾爆發出熱烈的掌聲，夾雜了好些讚美和驚嘆。

這時，那個質疑的聲音再度響起：「哼，不過是輕功罷了。如果真是機關人偶，又怎能做到如此靈活?」

傴師雖然聽不懂，也猜得到對方是在繼續挑釁。他稍加思考，便決定不予理會。於是他根據預定的劇本，看了柳兒一眼，然後指著地上一塊足有四、五十斤重的巨石。

柳兒走到巨石旁，纖細的手臂輕輕一抬，那塊巨石便離開了地面。接著，她單手將石頭舉過頭頂，並穩穩地保持這個姿勢。

圍觀的群眾再次驚呼：「這絕不是真人能做到的！」

趁著現場氣氛達到高潮的當兒，傴師快步走向柳兒，輕聲道：「接下來就是壓軸了。」只見他伸手抓住柳兒的右臂，做出用力扭動的樣子。

「喀嚓」一聲，柳兒的整條右臂竟被拆了下來！

「天啊！」觀眾中有人驚呼，有人摀住了眼睛，還有人不由自主後退好幾步。

傴師舉起那條手臂，高聲喊道：「看，這就是最先進的機關術！」

人群中走出一名魁梧的大漢，正是之前頻頻質疑的那位。在傴師主動配合下，他接下柳兒的「斷臂」，仔細檢查了一番。

「這……假不了……真是機關！」大漢終於心服口服。

傴師和柳兒交換了一個眼色，知道他們的計畫成功了。太陽下山前，這神奇的事蹟必定會傳遍全城。

# 11

夜色如墨，籠罩著坎達哈這座古老的城市。偃師和柳兒待在漆黑的房間裡，屏息等待魚兒上鉤。

屋內瀰漫一股淡淡的薰香味，那是偃師特意點的安神香。柳兒深吸了一口，這股熟悉的氣息果然令她神清氣爽。

「你覺得他們會來嗎？」柳兒低聲問，聲音中交雜著期待與擔憂。

偃師不假思索答道：「我起碼有九成把握……」就在這時，窗外突然傳來一陣輕微的聲響。

兩人對視一眼，立即展開行動。偃師連忙跳上床，柳兒則悄悄移到門邊，一動不動地站著，宛如一尊精美的雕像。

果然，窗戶很快被推開，一個黑影敏捷地翻進來，緊接著又進來了兩個。這三人動作輕盈，協調有致，顯然受過嚴格的訓練。藉著淡淡月光，偃師看得出他們個個頭戴面罩，只露出一雙銳利的眼睛。

三名黑衣人看到僵立的柳兒，起初吃了一驚，隨即大喜過望。為首那人做了一個手勢，另外兩人立即會意，打開一個大布袋，向柳兒當頭罩去。

就在這當兒，柳兒適時「醒來」，大叫「有賊！有賊！」與此同時，她趁機揚起衣袖，射出一股近乎無形的煙霧。

三名夜賊立刻落荒而逃！

一盞茶的工夫後，屋內重現光明，燈火映照出偃師和柳兒眼中的興奮。

偃師從腰間取下一個小巧的裝置，此物通體錚亮，上面刻滿複雜的紋路。「看，這銀盤是我的新發明，比原先那玉珮更靈敏。只要跟著它的指引，不愁追不到那些阿利安人。」

柳兒湊近一看，銀盤上映出三五個微小的光點，宛如天上的星辰。「真是高明！這種追蹤蟲似乎比原先的還精巧。」

偃師解釋道：「這是天山奇花『塵蓮』給我的靈感。塵蓮花粉極細小，能在空中飄浮數日不落。我將這種花粉與磁石粉末結合，便製成這種新型追蹤蟲。」

「太神奇了！」柳兒由衷讚嘆，「事不宜遲，咱們立刻出發吧。」

偃師看了看窗外：「還是先歇會兒，等天亮再走不遲。」

## 12

出城後走了兩三里，柳兒突然停下腳步。「偃師大哥，你說我們的老朋友在哪兒呢？」不等偃師回答，她已將兩根手指放入口中，發出一聲清脆的呼哨。

片刻後，遠處便傳來馬蹄聲，兩匹白駒隨即出現他倆面前。這兩匹馬一看便知是良種，四肢修長有力，鬃毛如絲綢般飄逸。

柳兒快步上前，伸出雙手輕撫馬鼻子，同時柔聲道：「小白，小雪，這幾天逍遙快活嗎？有沒有想姐姐啊？」

兩匹馬似乎聽懂了她的話，不約而同低下頭，用鼻子磨蹭柳兒的手掌，還發出輕柔的嘶鳴，顯得十分親暱。偃師則從懷中取出幾塊甜食，當作對馬兒的犒賞。

這並不是他們第一次這麼做。在西行途中，偃師和柳兒逐漸摸索出一套有效的策略，每當抵達大城市，他們都會將小白和小雪留在荒野，然後步行入城。

因為，在這些繁華的城鎮，騎馬不僅不便，更容易引人注目。畢竟在那個時代，騎馬多是貴族和官員的特權，百姓則頂多騎驢。更重要的是，步行能讓他們真正融入當地環境，細緻地觀察周遭的一切。

整頓完畢，兩人翻身上馬。隨著幾聲低沉的嘶鳴，兩匹駿馬拔腿飛奔，不久便消失在地平線的盡頭。

# 第三章

# 機關獸

# 1

在追蹤蟲引領下，偃師與柳兒經過數月跋涉，抵達了號稱人類文明發祥地的兩河流域。此時他們早已明白，所謂的「極西」並非絕對概念。對阿利安民族而言，兩河流域同樣算是極西之地。至於那群神秘的阿利安人，為何並未回到自己的故鄉，而是繼續西行，則是他們亟欲解開的謎。

總之，跟著追蹤蟲一定錯不了。這個信念，終於將偃師與柳兒帶到巴比倫！

剛踏入城中那一刻，兩人不禁屏住了呼吸。這座充滿傳奇的古城，比他們想像中更加宏偉壯觀。它有如兩河流域的一顆明珠，在幼發拉底河的滋養下成長茁壯。雖然帝國已江河日下，絲毫不影響這座首都的繁榮與活力。

柳兒指向遠處一座巍峨的建築，低聲驚嘆道：「看，那就是馬爾杜克神廟吧？」

偃師順著她手指的方向望去，一座塔形的神廟拔地而起，層層疊疊，直指蒼穹。神廟的頂端鑲嵌了藍色的琉璃磚，在陽光下熠熠生輝，宛如天空的倒影。

「沒錯，」偃師點頭道，「那是巴比倫最神聖的地方。」

兩人沿著寬闊的大道往城內走去。街道兩旁各式建築林立，有的是低矮的民居，有的則是氣派的官邸。路上行人如織，衣著各異，有身披長袍的當地人，也有奇裝異服的遠方商旅。

「這裡真是熱鬧，」柳兒興奮地說，「比我們之前去過的任何地方都要繁華。」

偃師正要回答，突然被一陣香氣吸引。他轉頭一看，原來是有小販正在烤餅。那餅子金黃酥脆，上面撒滿香料，散發出誘人的香味。

「要來一塊嗎？」偃師問道，「我們也該嚐嚐巴比倫的美食了。」

柳兒笑著點頭，於是兩人買了餅子，一邊吃一邊繼續漫步。街道兩旁的店鋪琳琅滿目，有賣珠寶的、賣香料的、賣陶器的……每家店都像是一個小小的寶庫，藏有無數的珍寶。

走著走著，他們面前出現了一座巨大的雕像，看來是一位威武的君王。「那是誰？」柳兒好奇地問。

偃師仔細端詳了一會兒，答道：「如果沒猜錯，應該是漢摩拉比大帝，巴比倫帝國有史以來最偉大的君主。」

正當兩人駐足觀看時，遠處傳來一陣悠揚的號角聲。偃師和柳兒循聲望去，只見一隊身穿華麗服飾的祭司正緩緩走向神廟。

「看來是要舉行什麼儀式，」偃師低聲道，「我們最好別靠得太近，免得冒犯了本地的習俗。」

柳兒表示同意，於是兩人轉身離開廣場，繼續在巴比倫的街道上漫步。夕陽西下，將他倆漸漸籠罩在一片金色暮光中。

## 2

夜幕逐漸低垂，巴比倫城卻越來越熱鬧。在找到一間還算乾淨的客棧後，偃師和柳兒按捺不住好奇心，再次走上了街頭。

「沒想到夜晚比白天更熱鬧！」柳兒一臉興奮的神色。她在各色攤位間來回掃視，像是要將每個細節牢牢記在心裡。

偃師點頭附和：「確實如此，看來這裡的夜市很有特色。」

街道旁燈火通明，無數油燈和火把將夜空染成赭紅色。各種叫賣聲此起彼落，彷彿一曲熱鬧的交響樂。空氣中充斥著香料、烤肉和酒水的氣味，偃師深深吸了一口，不由自主想起了遙遠的家鄉。

「偃師大哥，你看那邊！」柳兒指向不遠處的一個攤位。那裡似乎有些奇形怪狀的器具，在昏黃燈光下泛著金屬光澤。

兩人走近細看，攤主是個滿臉皺紋的老者，正在擺放那些器具。偃師仔細觀察，每個物件都充滿異域風情，雖然好像暗藏機關，卻又與他所知不盡相同。

「有趣，」偃師喃喃自語，「這些器具的構造很特別。」他不自覺地伸出手，撫摸一件銅製的小物件。

正當偃師想詢問價錢，突然感到腰間一陣異樣。他下意識摸了摸，臉色頓時大變。

「不好！」偃師低呼一聲，「我的錢袋不見了！」他的心猛地一沉，意識到自己遭竊了。

柳兒趕緊檢查自己的隨身物品。「我的也不見了！怎麼辦？」她焦急地問，「我們的盤纏都在裡頭。」

下一刻，柳兒已恢復鎮定，機警地環顧四周，卻哪裡看得到偷兒的影子。偃師則暗自懊悔，他們被巴比倫的繁華沖昏了頭，竟忽視了這樣的風險。在這個陌生的城市，他倆瞬間成了身無分文的流浪漢。

偃師深吸一口氣，強迫自己冷靜下來。「先別慌，我們趕緊回客棧看看，也許還有些碎銀子。」他努力保持鎮定，內心深處卻憂慮不已。

兩人匆匆趕回客棧，仔細搜尋了每一件行李。結果令人相當沮喪，除了藏在枕頭下的幾枚貝幣，他們失去了所有的盤纏。

「這下可麻煩了，」偃師坐在床沿，愁眉不展地說，「我們連住店的錢都不夠了。」顯然，如今的處境比他原本想像的更糟。

柳兒則靠在窗邊，望著燈火通明的街道。「偃師大哥，」她突然開口，「你說……我們是不是該想點辦法？」

偃師循聲望去，在柳兒那張俏臉上，看到了一個前所未有的表情。

# 3

房間裡突然泛起緊張的氛圍，一切都靜止了，只有油燈的微弱光芒在牆上投下搖晃的影子。

「柳兒，」偃師打破了沉默，「你剛才的意思是……」他顯得十分猶豫，並未將這句話說完。

柳兒深吸一口氣，直視著偃師那雙深邃的眼眸。「偃師大哥，在這個陌生的城市，我們現在身無分文，你有什麼好主意嗎？」

偃師抬頭想了想：「我們可以試試找些零工，或者……」他自己也意識到這個提議並不現實。

「來得及嗎？」柳兒沒好氣地反問，「我們恐怕連明天的飯錢都付不起了。」

偃師無言以對，心中湧起一陣無力感。

柳兒咬了咬嘴唇，低聲道：「其實，我剛才想說的是……」她像是在試探偃師的反應。

「你究竟想說什麼？」偃師心中有了不祥的預感。

柳兒終於鼓起勇氣，一口氣道：「我的意思是，這裡有那麼多富商，如果我們……」她眼神閃爍不定，「稍微借用一點他們的財物，應該不會有大礙吧？」

傀師猛地站了起來，一副不可置信的表情。「你是說要偷竊？」聲音中充滿了震驚和失望。

「不是偷竊！」柳兒急忙解釋，「只是暫時借用。等我們有了錢，一定會還回去。」她試圖為自己辯解，但語氣透出明顯的心虛。

傀師搖了搖頭，態度十分堅決。「不行，絕對不行。這和偷竊又有什麼區別？我們絕對不能這麼做。」

「可是，」柳兒站了起來，激動地說，「你難道沒聽過『成大事不拘小節』這句話嗎？我們肩負著重要的使命，難道要因為這點小事功虧一簣？」

傀師的臉色變得鐵青。「柳兒，你要明白，正是因為我們肩負重任，才更不能做出有違道德的事。」

「你太迂腐了！」柳兒提高音量，「現在是什麼時候了？如果再顧慮道德不道德，我們可能連命都保不住！」

「那也不能犯法！」傀師也激動起來，「柳兒，你要知道，一旦踏出這一步，就再也回不了頭了。」

兩人就這麼對視，誰也不肯退讓，劍拔弩張的氣氛逐漸高漲。

突然間，柳兒閃過一絲委屈的表情，很快又被堅毅的眼神取代。「既然你這麼固執，」她冷冷地說，「明天我們就餓著肚子去找工作。希望在此之前，我們不會先被趕出客棧。」

說罷，柳兒轉身走到窗邊，打開窗戶，不再言語。偃師看著她的背影，感受到深深的無奈。自相識以來，他倆還從未爆發過如此激烈的爭執。

不知過了多久，偃師長長嘆了一口氣，語重心長道：「柳兒，我知道……你是為了大局著想。」他頓了頓，露出一個罕見的表情，「好吧，我姑且同意破一次例，但是，我們一定要慎選目標……」

柳兒立刻轉身，興奮地接過話頭：「一定，我一定找個為富不仁的肥羊！」

見到柳兒這種反應，偃師不禁又有點後悔。當天晚上，直到上床就寢，他都沒有再說半句話。

## 4

晨光乍現，窗外傳來早市的喧囂，偃師從淺眠中驚醒，昨日的紛紛擾擾又在腦海中迴蕩。他勉強打起精神，轉頭望向柳兒的床鋪，卻發現她早已不知去向！

「柳兒？」偃師喚道，但他心裡有數，不可能有任何回應。

偃師急忙環顧四周，柳兒的行囊還在，隨身物品卻不見了。然後，偃師注意到桌上放著一張羊皮紙，上面隱約可見一行字跡：

我自己去找肥羊，不讓你蹚這渾水——柳兒

偃師反覆讀了幾遍，眉頭越皺越緊。柳兒的字跡工整有力，顯露出她的決心。他能從字裡行間感受到柳兒的堅毅，不禁佩服她的勇氣，卻也為她的衝動憂心不已。

「這個傻丫頭，」偃師喃喃自語，「怎麼能一個人闖蕩這個陌生的城市？」他快速穿好衣服，收拾好隨身物品，準備出門尋找柳兒。正當他要推門而出，又看了一眼那張羊皮紙，忽然心生一計。他將紙上的字跡刮除，然後用蒼勁的線條，在其上畫出柳兒的素描。

「我這就去找你！」

## 5

巴比倫的朝陽漸漸升起，市集上的喧囂聲越來越響亮。偃師穿梭在熙來攘往的人群中，努力尋找那熟悉的身影。每個身材相仿的女子都吸引了他的目光，但每次的結果都讓他失望。

偃師心中充滿了擔憂和自責，懊悔昨晚未能體諒柳兒的心情，始終沒給她好臉色，最後甚至跟她陷入冷戰。

「柳兒，你到底在哪裡？」他心知肚明，在找到柳兒之前，自己再也不會有片刻的安寧。

不多久，偃師來到昨晚遊覽過的夜市。此時的市集換了一番景象，賣香料的、賣布匹的、賣陶器的攤販紛紛擺開陣勢。他盡可能冷靜下來，努力設想柳兒可能會去的地方。

「請問有沒有見過這位女子？」他向一位老婦人出示柳兒的畫像。

老婦人似乎誤解了偃師的意思，猛力搖了搖頭，說了幾句他聽不懂的話，口氣顯然並不友好。

偃師無奈地長嘆一聲。他忍不住想到，若是柳兒在身邊，一定能與當地人交流無礙。一旦冒出這個念頭，他更加迫切地想盡快找到柳兒。

太陽漸漸升到頭頂，熾熱的陽光讓偃師感到一陣暈眩。他已經走遍了附近的大街小巷，饑渴削弱了他的體力，但他靠意志力硬撐了下來。

「再找找，一定要再找找……」偃師喃喃自語，強撐著疲憊的身軀繼續往前走。他的步伐變得蹣跚，但眼神依然堅定。

走著走著，偃師看到前方的小廣場上聚集了一群人。在人群中央，一個短小精悍的男子正在表演吞火絕技，引得圍觀者陣陣驚呼。偃師踮起腳尖，努力向人群張望，突然間，他的目光被一抹熟悉的身影吸引！

「柳兒！」偃師激動喊道，同時用力擠進人群。

等到他好不容易擠到前排，卻發現只是一位穿戴類似柳兒的當地少女。他的心一下子沉到谷底，失落感如潮水般湧來。

「你究竟到哪兒去了，柳兒？」偃師感到前所未有的孤獨和無助。

## 6

黃昏時分，偃師疲憊不堪地走在回客棧的路上。一整天的尋找毫無結果，令他心中充滿了焦慮和擔憂。

就在此時，身後突然傳來一個熟悉的聲音：「偃師大哥！」

偃師猛地轉身，只見柳兒正站在不遠處，臉上帶著驚喜的笑容。夕陽灑在那張俏臉上，為她增添了幾分嫵媚。

「柳兒！」偃師大聲喊道，胸口突然一緊。下一刻，他顧不得旁人的目光，大踏步跑了過去。

兩人相對而立，一時之間都說不出話來。偃師上下打量柳兒，注意到她顯得有些疲憊，雙眼卻閃著興奮的光芒。

確認了柳兒安然無恙，偃師這才長吁一口氣。「你到哪裡去了？」他終於開口，聲音中既有責備，又有關切，「我找了你一整天！」

柳兒低下頭，不無愧疚地說：「對不起，偃師大哥。我……我只是想自己試試。」她的聲音中帶著些許猶豫，似乎在斟酌該如何解釋自己的行為。

偃師正要追問，卻注意到周圍已經有人駐足觀望。他拉了拉柳兒的袖子，輕聲道：「這裡不是說話的地方，我們回客棧再談。」

柳兒點了點頭，兩人便並肩走向客棧。一路上，偃師有太多的話想說，卻又不知從何說起。直到走進那間狹小的客房，關上門，他倆才終於有機會開口。

「對不起，偃師大哥，」柳兒再次道歉，「我不該不辭而別。」她眼神中透露出複雜的情緒。

偃師緩緩搖了搖頭：「我也要向你道歉。昨晚我太固執了，沒有考慮到你的感受。」

柳兒抬頭望著偃師，在那張輪廓分明的俊臉上，居然看不出絲毫惱怒。「你不生氣嗎？」她有點心虛地問。

「我當然生氣，」偃師苦笑道，「但更多的是擔心。柳兒，你知道嗎，我找了一整天，卻連你的影子都沒找到。我……我真的很怕再也見不到你。」他的聲音顫抖，流露出內心脆弱的一面。

聽完這番話，柳兒的眼眶紅了。「偃師大哥……」她突然上前一步，緊緊抱住了偃師。

偃師愣了一下，隨即也伸出雙臂，將柳兒擁入懷中。兩人就這樣緊緊抱著，彷彿要將整天的擔憂和思念都融化在擁抱裡。

良久，柳兒才輕輕推開偃師，臉上泛起一絲紅暈。「我們……我們還是說正事吧。」

偃師連忙正色道：「好，你今天去哪裡了？有什麼收穫嗎？」

柳兒的眼睛突然亮了起來。「偃師大哥，你絕對猜不到我發現了什麼！」她興高采烈地說，「我發現一個很特別的市集，那裡的東西，你一定感興趣！」

「什麼市集？」偃師好奇地問。

「讓我慢慢告訴你……」柳兒開始娓娓道來，臉上洋溢著興奮的神色。

## 7

「其實，早上出門時，我也不知道該去哪裡。」柳兒將目光投向遠方，「我只是漫無目的地在城裡閒逛，希望能找到什麼合適的目標。」

偃師心中的擔憂漸漸被好奇取代，他聽得很仔細，不時點點頭，但一直沒有打岔。

「我不知不覺走了大半天，來到了城市的西南角。那裡有一條小巷，看起來很不起眼，但不知為什麼，我就是覺得有些奇怪。」她的聲音帶了幾分神秘感。

「奇怪？怎麼個奇怪法？」偃師不自覺地湊近柳兒。

柳兒皺著眉頭，繼續回憶：「就是……那條巷子雖然普普通通，但常有人神秘兮兮地進去，卻很少有人出來。直覺告訴我，那裡一定有什麼不尋常的物事。」她的神情顯得越來越專注，好似重新經歷了那段冒險。

「然後呢？」偃師追問，「你進去了嗎？」他被柳兒的敘述深深吸引了。

柳兒露出得意的笑容：「我鼓起勇氣走了進去。一開始還是很普通的巷子，但走到盡頭，我發現了一扇隱蔽的門。」

「隱蔽的門？」偃師的好奇心更熾了。

「對，那扇門上刻著奇怪的符號，是我從來沒見過的。我在旁邊躲了一陣子，看到有人在門上輕敲幾下，門就應聲開了。」

偃師若有所思道：「看來像是某種秘密集會的場所。」他一面說，一面開始想像各種可能性。

柳兒點頭贊同：「嗯，當時我也是這麼想。我等了一下，然後模仿那人敲門的方式，先是兩短三長，一會兒再重複一次，門果然就開了。」她顯得頗為自豪。

偃師迫不及待地追問：「門後面是什麼？」

柳兒露出一抹微笑：「你絕對想不到，門後面是個地下市集，真的是藏在地下。如果你好奇，我這就帶你去！」

偃師不禁倒抽一口涼氣。他萬萬沒想到，柳兒竟然會有如此驚人的發現。

「柳兒，」偃師一臉嚴肅道，「無論任何大城小鎮，地下市集一定龍蛇雜處！幸好你今天全身而退，如果還要去，我們必須小心行事。」

柳兒點了點頭，興奮之情稍稍退去，改以謹慎的口吻說：「我知道，偃師大哥。但我總覺得，我會發現那市集，絕對不是偶然。」

# 8

穿過一段幽暗的甬道，眼前豁然開朗。那是個巨大的洞窟，數不清的油燈將整個空間照得毫無死角。洞窟中擠滿了各式各樣的攤位，人聲鼎沸，熙熙攘攘。

「這……這簡直是另一個世界！」偃師流露出難以置信的神色。他環顧四周，每一處都讓他感到新奇。

「白天剛進來的時候，我也是這種感覺。來，我帶你四處看看。」柳兒露出自豪的笑容，為自己的嚮導角色感到振奮。

他們漫步在狹窄的過道，放眼望去滿是奇珍異寶，令人目不暇給。一個攤位上擺放著一排銅製的小人偶，個個栩栩如生，而最令偃師驚訝的是，它們似乎正在嘰嘰喳喳，爭論不休！

「這是來自埃及的魔偶，」攤主驕傲地介紹，「據說，擁有它們便能預知未來。」他說的是當地通行的阿卡德語，柳兒這時已掌握了七八成。

偃師仔細打量這些小偶，暗自揣摩其中的機關原理。看著看著，他忍不住抓起一個，準備好好端詳一番。柳兒卻輕輕拉了拉他的衣袖，勸道：「走吧，前面不缺更有趣的。」

兩人繼續往前走，來到一個擺滿古怪器具的攤位。湊近一看，那些奇形怪狀的青銅器刻滿複雜的符號，以及好些神秘的圖案。「這是巴比倫的占星工具，」柳兒道，聲音中有幾分敬畏，「聽說可以用來推算天象。」

偃師心不在焉地應了一聲，他正在思考如何將這些造型融入自己的機關術。

忽然一股異香飄來，吸引了兩人的注意。偃師循著香味望去，只見一名身穿異域服飾的老婦，正在兜售五顏六色的粉末。

「這是來自遙遠東方的香料，」老婦熱情地介紹，「能夠治病驅邪，延年益壽。」

聽了柳兒的翻譯後，偃師不禁想起母親的祖傳秘方。他正想詳細詢問，卻被柳兒拉到了一旁。

「偃師大哥，你看那邊！」柳兒指向不遠處的角落，壓低聲音道。

偃師順著她指的方向望去，只見一個人高馬大的壯漢正在與人交談。壯漢手捧一個精緻的盒子，時不時打開給對方看一眼，隨即又迅速闔上。

「那個盒子，」柳兒悄聲道，「我白天就看到過，裡面似乎藏著什麼見不得光的東西。」

偃師仔細觀察壯漢的舉動，心中暗自揣測：看來這市集不只是買賣奇珍異寶那麼簡單。他眉頭微蹙，意識到可能發現了非法的勾當。

想到這裡，他趕緊對柳兒說：「這兒雖然充滿機遇，但也暗藏各種危險，我們得提高警覺。」柳兒立刻跟他交換了一個充滿默契的眼神。

兩人繼續在這市集中穿梭，每個攤位都多少帶來驚喜。偃師把握住這難得的機會，全副心神放在增廣見聞上，柳兒則耐心陪在一旁，時刻警惕著周遭的動靜。

當他們離開地下市集時，已是夜深人靜時分。

## 9

「那個市集，真是令人大開眼界。」偃師興奮地說。那些奇異的器具和機關仍在他腦海縈繞，激發他無限的靈感。然後，他突然話鋒一轉，「柳兒，你的發現太寶貴了！」

柳兒敏銳地察覺到偃師的言外之意。「你是不是有了什麼想法？」

偃師沉吟片刻，才緩緩說道：「我們追蹤的那些神秘人物，既然仍在巴比倫逗留……我覺得，他們跟那個地下市集應該有某種關聯。」他眉頭微蹙，顯然正在打什麼主意。

「你的意思是不是……」

「是的，我的確是這個意思，我們或許可以從那裡著手調查。」偃師頓了頓，「不過在此之前，我們得先解決另一個問題。」說罷，他又皺起了眉頭。

「錢！」柳兒帶著幾分無奈道，「錢才是我們的當務之急。」

偃師突然靈光一閃：「沒錯，所以，我想到一個兩全其美的辦法。」

「什麼辦法？」柳兒連忙追問，眼中充滿期待。

偃師顯得胸有成竹，似乎瞬間構思了周詳的計畫。「你還記得市集裡的那些小玩意兒嗎？」

「當然記得，那又怎樣？」

「我們何不做幾個去賣？」

柳兒恍然大悟：「你是說……」聲音中充滿了久違的喜悅。

「沒錯，」偃師顯得相當興奮，「我可以利用機關術，製作一些奇特的物件，然後咱們拿到那兒去賣。這樣既能賺到盤纏，又能不著痕跡地打探消息。」

柳兒使勁拍了拍手：「好主意！不過，你打算做什麼呢？」

偃師信心滿滿道：「我先做一個會動的小獸吧，類似在市集上看到的那些魔偶，不過我的作品當然更精巧、更逼真。」

「太好了！我來幫你蒐集材料，我們什麼時候開始？」

偃師看了看窗外的月亮。「即刻動手吧，我們得爭取時間，越快完成越好。」

## 10

一盞油燈散發著昏黃的光芒，照亮了滿桌的零件和工具。空氣中充滿金屬和油脂的氣味，偶爾傳來細微的機械聲響。

「柳兒，把那個銅片遞給我。」偃師緊盯著手中的半成品，微蹙的眉頭顯示出極度專注。

柳兒迅速找到那片薄如蟬翼的銅片，小心翼翼塞到偃師手中。她的動作輕巧而準確，顯然已經跟偃師培養出相當的默契。

「這個機關獸完成後，會是什麼模樣呢？」

偃師微微一笑，故作神秘道：「你等著看吧，保證讓你大吃一驚。」

談話間，偃師的雙手片刻未停，不久便將銅片裁剪完畢，用細小的銀釘固定在骨架上。他的十根手指靈活穿梭於各個零件之間，逐漸給一堆金屬賦予了蓬勃的生機。

偃師滿意地點了點頭，繼續專注手中的工作。他將一根根細小的彈簧安裝在機關獸的關節處，每根彈簧都經過精心的計算和調整。機關獸終於逐漸成型，顯現出一個小動物的輪廓。

柳兒看得入迷，忍不住讚嘆：「偃師大哥，你的手藝真是出神入化。」聲音中充滿了敬佩。

「目前，它頂多是個會動的玩具。」偃師露出堅毅的眼神，「我必須做出一件稀世奇珍，方能吸引那些見多識廣的商人。」

他從懷中掏出一個小布包，解開了封口。柳兒探頭一望，裡面是一些晶瑩剔透的小石子，在燈光下閃爍奇異的光芒。

「這是什麼？」

「月光石，我沿路蒐集的。」偃師解釋道，「今天，其中兩顆將有緣成為機關獸的眼睛。」他將月光石嵌入機關獸的眼眶，用一種特殊的樹脂固定。下一刻，那雙眼睛便彷彿有了生命，在昏暗的油燈下泛著幽幽藍光。

「太神奇了！」柳兒不禁眨了眨眼，眼中居然也映出兩股藍光。

「現在，幫我找一張合適的皮革。」

柳兒取來一塊精心鞣製的羊皮，偃師熟練地裁剪一番，然後將它包裹在機關獸的骨架上。羊皮一旦緊貼金屬框架，機關獸立時擁有柔軟而真實的質感。

「好，關鍵的時刻到了，」偃師深吸一口氣，從囊中取出一個小巧的發條，「這是整個機關的核心。」

他將發條安裝在機關獸的腹部，用一把小鑰匙輕輕扭轉。隨著「嗒嗒」的聲響，小獸的四肢開始顫動。

「成功了！」柳兒眼中閃爍著驚喜的光芒。

其實，偃師尚未真正完工。他又安裝了一個精巧的機關，讓這隻小動物能流暢地轉動脖子，同時擺動尾巴。最後，他還替機關獸裝了一個小小的音簧，讓它能發出柔和的叫聲。

終於大功告成時，天際已經泛起魚肚白。偃師擦了擦額頭的汗水，將栩栩如生的機關獸放在桌上。「來，試試看。」

柳兒轉動好發條，機關獸便緩緩站起，邁開優雅的步伐在桌上行走。它一面走，一面眨動那雙閃爍藍光的眼睛，並且輕輕搖擺尾巴，偶爾還會轉動脖子，並發出柔和的咪嗚聲。

「太不可思議了！」柳兒驚嘆道，「簡直像活的一樣！」

偃師露出滿意的微笑：「有了它，我們就能在那個市集立足了。」

晨光中，機關獸繼續在桌上徐徐漫步，活脫一隻剛脫離娘胎的小動物。

## 11

吃了些乾糧後，偃師和柳兒再次來到隱蔽的小巷，隨即潛入地下市集。昏黃的燈光下，市集熱鬧依舊，空氣中同樣瀰漫著種種氣味。

兩人找到一個偏僻的角落，在地上鋪了一塊布，小心地擺放好機關獸。他們並沒有高聲叫賣，只是靜靜等待有緣人。

「你說，會有人買嗎？」柳兒有些忐忑，目光不停掃視著周圍的人群。

偃師輕拍她的肩膀，安慰道：「放心，這可是獨一無二的。」他的聲音充滿自信。

不久，一名身穿華麗長袍的商人走了過來，好奇地打量地上的機關獸。他眼神中透著濃厚的興趣，臉上卻故意不動聲色。柳兒忍不住偷笑，但仍不忘趁機推銷：「這位老爺，您看看這個稀世珍寶……」

她一邊說，一邊趕緊為機關獸上發條。小獸立即活靈活現站了起來，開始在布上漫步，還不時轉轉脖子，眨眨那雙閃著藍光的眼睛。

商人起初看得目瞪口呆，但很快就失去了興趣。「不過是個玩具罷了，有什麼稀奇的。」說完便轉身離去。

偃師和柳兒面面相覷，難免有些失望。但他們並未氣餒，耐心等待著下一個顧客。然而，來來往往的人群中，雖然有人駐足觀看，卻無人對偃師的心血結晶真正感興趣。有的人嫌它太小，有的人覺得不夠華麗，還有人認為它毫無用處。

偃師的自信也在逐漸消失，他低頭撫摸著機關獸，暗忖是否還有需要改進的地方。

「這東西能幹什麼？」突然有人來到近前。

偃師抬起頭來，看到面前站著一個滿臉絡腮鬍的大漢。柳兒連忙堆滿笑容道：「它可以陪伴主人，還能帶來好運……」

「哈！」大漢嗤之以鼻，「我寧願買隻活生生的貓。」

時間慢慢流逝，地下市集越來越熱鬧，偃師和柳兒卻越來越焦急。機關獸雖然引來不少目光，但只有人詢問價錢，甚至沒有人討價還價。偃師的眉頭越皺越緊，開始懷疑自己的判斷是否出了差錯。

「偃師大哥，」柳兒低聲道，「你說，會不會是價錢訂得太高了？」

偃師無奈地搖了搖頭：「我覺得，問題不在價錢，而是這些人……」他環顧四周，嘆了一口氣，「沒一個懂得欣賞絕頂的工藝。」

正當兩人愁眉不展之際，一名衣著樸素的老者走了過來。他彎下腰，仔細端詳機關獸，流露出讚賞的眼神。

「有意思，」老者喃喃自語，「這手藝，不像是本地人的作品？」

柳兒眼睛一亮，正準備說明一番，不料老者直起身子後，便轉身繼續向前走去。

## 12

一整天過去了，他們仍舊沒有等到識貨的買家。正當偃師打算提議收攤，回客棧去從長計議，柳兒突然低聲說：「你瞧，那邊有人在看我們。」

偃師順著她的目光望去，果然見到一個約莫四十歲的男子，正遠遠地打量他們的機關獸。那人的裝扮充滿異國風情，身著一襲潔白的亞麻長袍，頭戴一頂後垂至肩的細麻布帽，頸間還懸掛著一枚藍色的飾品。

偃師心中一動，隱約感到這可能是個轉機。

「這位爺，」柳兒用阿卡德語招呼，「您對這個感興趣嗎？」

那人抬頭看了柳兒一眼，並沒有回答，而是直接走了過來。等到他走近了，偃師和柳兒更加確定他是異邦人。他有著褐色的肌膚、寬闊的額頭、高聳的眉骨和直挺的鼻樑。在西行的路上，他倆從未見過具有這些特色的民族。

那人做了一個古怪的手勢，似乎是在詢問能否碰觸機關獸。偃師連忙點頭，那人便蹲下來，仔細研究了一番。他用食指輕輕撫過機關獸的表面，隨即露出讚賞的眼神。此時偃師又注意到，這人的手指有些老繭，意味著他可能也是工匠。

正當偃師陷入沉思，那人突然開口，用生硬的阿卡德語道：「這個很有意思。你們自己做的？」這兩句話說得並不流利，口吻卻十分真誠。

柳兒點了點頭，那人又問：「你們，哪裡人？」

柳兒機靈地答道：「我們來自東方。」她故意給了一個模糊的答案。

那人眼睛一亮，讚嘆道：「東方?難怪!這手藝，本地工匠不能比。」

柳兒以自豪的口吻道：「您瞧，這個機關獸不僅能行走，還能眨眼睛和轉動脖子，甚至能發出咪嗚的叫聲。」

她一面說，一面熟練地為機關獸上好發條。小獸立即靈活地站起來，開始優雅地邁開步伐，同時表演著柳兒介紹的各種功能。

那人立刻瞪大眼睛，露出孩童般的興奮神情。「太神奇了!要做出這般精品，心靈手巧，缺一不可!」這句話顯然並非阿卡德語，偃師和柳兒雖然聽不懂，但兩人仍相視一笑，確定終於找到了知音。

「不知您如何稱呼?」柳兒滿臉笑意，客客氣氣問道。

「我叫魯巴，來自埃及。」他從懷中掏出一錠金子，「這個，賣給我吧!」

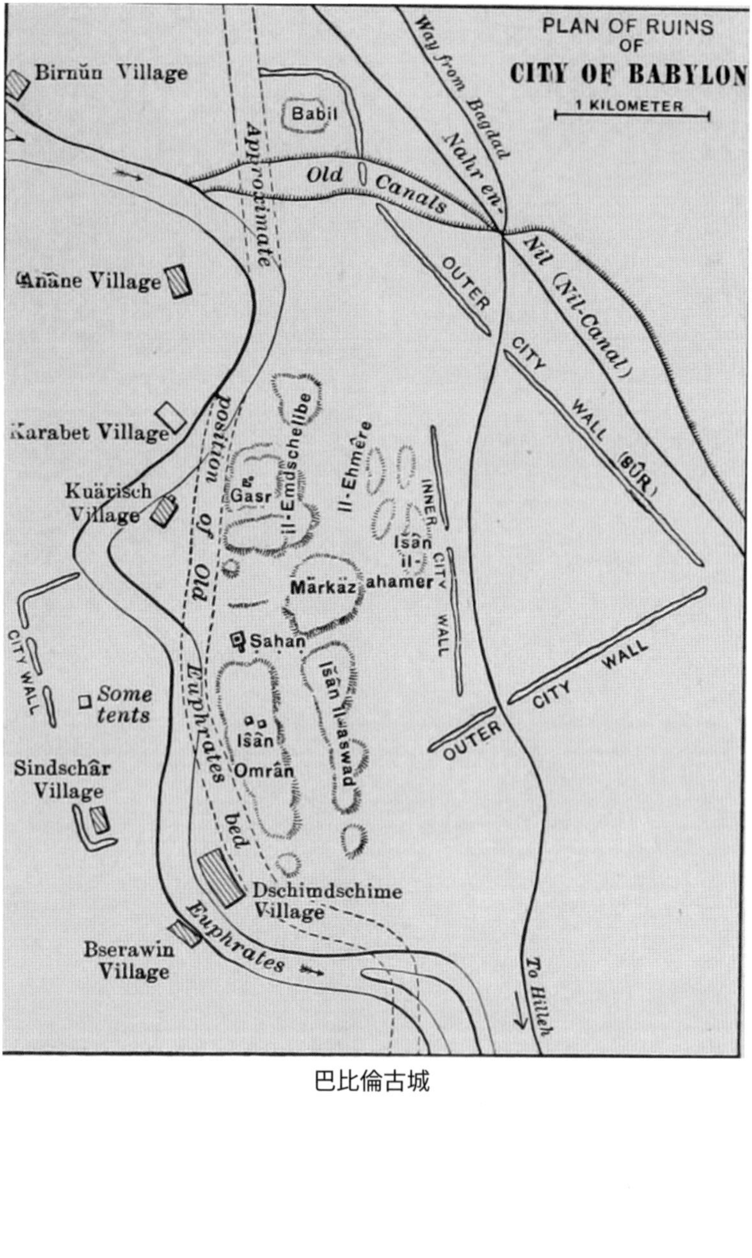
PLAN OF RUINS
OF
CITY OF BABYLON
1 KILOMETER
Birnũn Village
Babil
Way from Bagdad
Nahr en-
Old Canals
Approximate
Anãne Village
OUTER
Nil (Nil-Canal)
CITY WALL (SÛR)
Karabet Village
position of Old Euphrates bed
il-Emdschellibe
Il-Ehmêre
Kuärisch Village
Gasr
INNER CITY WALL
Isãn il-ahamer
Märkäz
Sahan
CITY WALL
Some tents
Isãn Omrân
Isãn il-aswad
CITY WALL
OUTER
Sindschâr Village
Dschimdschime Village
Euphrates
Bserawin Village
To Hilleh

巴比倫古城

# 第四章

# 智慧宮

# 1

過去這幾個月，在追蹤蟲引領下，偃師與柳兒幾乎是一路西行。然而，當他們離開巴比倫後，終於打破了這個規律。

偃師確認了許多次，銀盤指的都是北方！

「我猜，下一站應該是尼尼微，亞述帝國的首都。」柳兒相當有自信。

「為何那麼肯定？」偃師質疑。

柳兒卻反問：「難道你不這麼想嗎？」偃師笑了笑，算是默認了。

果不其然，兩天後，尼尼微已經遙遙在望。它巍然屹立於兩河流域北方的沃土，守護著這片古老大地。

偃師和柳兒照例將兩匹白馬留在城外，徒步向城門走去。不久，他倆便看到兩尊巨大威嚴的人首翼牛分列兩側，注視著每個進入城中的旅人。遠處傳來市集喧囂的餘音，以及泥土和香料的混合氣息。

「真是壯觀啊！」偃師不禁感嘆，「比起巴比倫，這裡給人的感覺更加……」

「雄渾？」柳兒接過話頭，「確實，巴比倫雖然繁華，尼尼微卻蘊含無窮的力量。」

她的目光掃過城牆上的士兵，那些身穿銅甲、手持長矛的威武身影，彰顯了亞述帝國如日中天的實力。

等到兩人踏入城中，更是被眼前的景象震撼。寬闊的大道筆直延伸，兩旁皆為一排排整齊的建築，每一棟的外牆都有精美的浮雕。偃師駐足觀察，只見浮雕上刻畫著威武的戰士、神秘的祭司，以及奇異的動物等。

「這些浮雕，」偃師若有所思道，「似乎在訴說一個個古老的故事。」他伸手輕撫牆上一隻兇猛的獅子，粗糙的觸感似乎讓他穿越到那猛獸狩獵的瞬間。

柳兒附和道：「是啊，我也能感受到這座城市深厚的歷史底蘊。你看那邊！」遠處一座高大的建築層層疊起，每一層都種滿茂盛的植物，在陽光下泛著翠綠的光芒。

他們沿著大道緩緩前行，兩旁的店鋪琳琅滿目，擺滿各式各樣的商品。有來自遠方的香料、精美絕倫的銅器、閃爍異國光彩的寶石，還有一些無以名之的奇特物品。

空氣中充滿濃郁的香料味，夾雜著烤肉的誘人香氣。兩人不時能聽到商人們用各種語言討價還價，耳邊還傳來銅匠鋪的叮噹聲，以及遠處神殿吟誦經文的低沉嗓音。

一位身穿長袍、頭戴尖頂帽的商人熱情招呼：「來看看吧，貴客！這可是從遙遠東方運來的上等絲綢！摸摸看，多麼柔滑啊！」他的阿卡德語並不標準，顯然並非土生土長的亞述人。

「這裡的百姓，」柳兒道，「似乎比巴比倫人更……有朝氣？」她注意到街上的行人大多步伐匆匆，眼中閃爍神采奕奕的光芒。

「確實如此！你看他們的衣裳，色彩也更豐富。」偃師指向街角一群穿戴華麗的貴族，他們的長袍繡滿複雜的幾何圖案，頭上戴著各式各樣的帽子或頭巾。

不時有駱駝商隊經過他們身邊，駝背上馱滿了貨物，鈴鐺聲為這座城市增添了異域風情。一位年邁的駱駝夫注意到他倆好奇的目光，笑呵呵地解釋：「我們剛從東方回來，這一趟可走了大半年呢！」

行至一處寬闊的廣場，兩人被眼前的景象震懾了。一座巨大的黑色方尖碑矗立在廣場中央，上面刻滿密密麻麻的楔形文字。碑的四周是一圈石像，每一尊都栩栩如生。

「這些文字……」偃師仔細端詳那石碑，「似乎和我們在巴比倫看到的不盡相同。」

「對，雖然都是楔形文字，但細節上確有差異。看來即便是兩個鄰近的文明，也會發展出各具特色的書寫系統。」

「真是耐人尋味，」偃師感嘆道，「這座城市，處處透著神秘。」

柳兒附和道：「是啊，比起我們去過的其他地方，尼尼微給人的感覺更加……深不可測。」

這時，一隊威武的士兵從遠處快步走來。士兵們手持長矛和盾牌，步伐整齊劃一。領隊的是一位身材高大的將軍，頭盔上插著一束鮮艷的羽毛，在陽光下分外耀眼。

「啊，那是我們的王室禁衛軍，」一位老者驕傲地說，「看，他們多麼雄壯威武。」

當士兵接近時，周圍的人群讓開了一條路。偃師和柳兒也退到一旁，靜靜地看著這支雄壯的隊伍。直到最後一名士兵消失在街角，兩人才長舒了一口氣。

「真是令人印象深刻，」偃師感嘆道，「亞述帝國能夠不斷開疆拓土，看來並非偶然。」

兩人交換了一個眼神，都想到在這座充滿神秘的古城中，他們的冒險才剛剛開始。

## 2

次日清晨，偃師早早起身，取出了感應追蹤蟲的銀盤，輕輕搖晃著。銀盤上的亮點開始微微跳動，最後集中到了東北方。

「柳兒，醒醒，柳兒！」偃師輕聲喚道，「我們該出發了。」

柳兒從床上一躍而起，動作俐落得如同早已清醒。

循著銀盤指引的方向，他們穿過一條條繁華的街道。清晨的市集已經熱鬧起來，空氣中傳來一陣陣烤餅的香氣。偃師和柳兒謹慎地避開熙攘的人群，轉入一條幽深的巷弄，巷子裡陰暗潮濕，牆上爬滿了青苔。即使在這種環境下，柳兒仍不時環顧四周，確保沒有被人跟蹤。

最後，他們來到一座雄偉的建築前。「就是這裡了，」偃師低聲說，「追蹤蟲的信號很強。」他顯得既興奮又有些緊張。

柳兒仔細打量眼前的建築，那是一座古樸莊嚴的殿堂，外牆上雕刻著繁複的圖案，每一幅都栩栩如生。大門兩側各有一尊巨大的石像，造型奇特，似人非人，似獸非獸，透出一種詭異的陌生感。

「看來不像是尋常民居，」柳兒道，「倒像是重要的官方機構。」她眼中閃著精光，身體不自覺繃緊，隨時準備應對突發狀況。

這時，一群衣著華麗的人從大門走出來。偃師和柳兒趕緊躲到一旁，屏息靜氣，仔細觀察，不久便發現其中有幾個熟悉的身形。過去幾個月，在上萬里的追蹤過程中，他倆不止一次遠遠見過這幾個人，甚至有一次，跟其中三人有過近距離接觸。

「是他們！」偃師低聲驚呼，心跳陡然加快，「看來我們找對地方了。」他的右手習慣性地摸向腰間，那兒藏著一個小巧的防身機關。

柳兒微微皺起眉頭：「但這究竟是什麼地方？他們為何在此出沒？」

「我們得先打聽打聽。」偃師深思熟慮道，「不過要小心行事，千萬別打草驚蛇。」

兩人對視一眼，默契十足地同時點點頭。他們決定分頭行動：偃師裝作遠來的遊客，在這座建築附近伺機觀察；柳兒則利用語言天賦，找附近的攤販套話。

不久偃師便有了發現，那座建築旁有一塊刻滿楔形文字的石碑，可惜他看不懂內容。他暗自記下位置，打算找機會再仔細研究。

與此同時，柳兒用流利的當地方言與攤販攀談，憑藉著天生的親和力，她很快就讓那些攤販放下戒心。

正午時分，熾熱的陽光灑在石板路上，反射出刺眼的光芒。兩人在一條偏僻的小巷會合，找了一個陰涼處，開始低聲交換情報。

「有收穫嗎？」偃師急切地問。

柳兒點了點頭，露出欣喜的表情。「那座建築叫『智慧宮』，是個私人經營的博物館。」

「博物館？什麼是博物館？」偃師皺起眉頭，他對這個詞彙十分陌生。

「就是專門展示各種奇珍的地方。」柳兒解釋道，「我從一個賣水果的小販那裡聽說，智慧宮的主人是個神秘的富翁，喜歡蒐集各種奇思妙想的作品。」

「這就說得通了！」偃師喃喃道，「那些神秘人物對我的機關術如此感興趣，想必和這個智慧宮脫離不了關係。」

「不僅如此，」柳兒補充道，聲音帶著幾分興奮，「那小販還告訴我，智慧宮最近特別熱鬧。似乎有不少外邦人來來往往，帶來許多稀奇古怪的東西。」

偃師眼睛一亮，心跳不禁加快。「外邦人？」他追問道，「會不會就是我們追蹤的那些阿利安人？」

「極有可能。」柳兒神情嚴肅地說，「對了，智慧宮是人人都能參觀的博物館，每人只要一個貝幣。」

偃師立時面露喜色，喊道：「竟有這等——」說到一半，他連忙壓低聲音，「——這等好事！我們可以直接進去一探究竟了。」

兩人相視一笑。偃師又摸向腰間的機關，柳兒則活動了一下手腕，確保自己隨時處於最佳狀態。

## 3

不多久，偃師和柳兒來到智慧宮門前，兩人雖神色平靜，心中卻是波瀾起伏。偃師輕聲問：「準備好了嗎？」柳兒微微點了點頭，露出堅定的眼神。

於是，他們跟隨著其他遊客，緩步踏入這座神秘的殿堂。

甫一進門，兩人便被眼前的景象震撼。一座巨大的日晷聳立在大廳中央，陽光透過天窗灑落，在地面上顯示出精確的時刻。

「這日晷，」偃師顯得又驚又喜，「竟然精確到這種程度！」他立刻聯想到中土地區的圭表，心中暗自比較兩者的優劣。

柳兒也仔細觀察了一番。「而且你看，它的底座是活動的。想必隨著季節變化，還能調整方位。」顯然，她也對這種精巧的設計充滿敬意。

然後，兩人邁開腳步，走過一個又一個展區，發覺每個展區都有不同的主題。

在「水之智慧」展區，一座精巧的噴泉吸引了偃師的目光。只見清水沿著複雜的管道流動，時而上升，時而下落，形成變幻莫測的水花圖案。無數的水珠在陽光下閃爍，發出晶瑩的光芒。

「這噴泉，」偃師仔細端詳，「竟然能自動變換水流方向，真是巧妙無比！」他聯想到自己設計的某種機關，開始思索如何將這種技術融入其中。

柳兒卻被旁邊的一個裝置吸引。「偃師大哥，你看這個！」她指向一個透明的玻璃容器，聲音中帶著幾分驚奇。

那容器裡有許多金屬球，奇怪的是，這些球通通浮在水面，高低各不相同，而且不斷起起伏伏，似乎遵循某種莫名的規律。錦上添花的是，金屬球的表面反射著燈光，在水中形成奇妙的光影。

「這是……」偃師沉思片刻，「啊，我明白了！這種金屬球一定是中空的，裡面灌了多寡不一的水銀。」他有如解開一道難題般興奮。

柳兒恍然大悟：「原來如此。這種設計頗具巧思，既能展現水的浮力，又能呈現美妙的動態效果。」

不久，兩人抵達「火之智慧」展區。這裡的溫度顯然比較高，連空氣都帶著一絲灼熱的氣息。展區中心是一座神奇的燈塔模型，塔頂的火焰始終保持穩定，即便有風吹過也紋絲不動。火光映照在周圍牆壁上，形成微微搖曳的光影。

「真神奇，」柳兒眼中倒映著跳動的火光，「這火焰如何保持靜止？」

仔細觀察後，偃師解釋道：「你看，燈塔周圍有一圈細小的孔洞。我猜全靠這些孔洞調節氣流，火焰方能保持靜止。」他流露出欽佩的神色，「這種設計，若是用在真正的燈塔上，必定能提升航行的安全。」

而在「風之智慧」展區，一架奇特的風車引起了兩人的注意。不論風向如何變化，這風車都能保持穩定轉動，持續發出不變的嗡嗡聲。

「這設計，」偃師讚嘆不已，「若能應用到帆船上，或許有機會讓船隻逆風而行？」

柳兒附和道：「這些發明個個蘊含深奧的智慧，難怪那些神秘人物頻頻出入此地。」她聲音中透著警覺，「我們必須更加小心了。」

最後，兩人來到「機之智慧」展區。空氣中傳來一股股金屬和油脂的氣味，伴隨著各種機關運轉時發出的輕微聲響。這裡陳列著各種精巧的機關裝置，例如會寫字的機械手、能夠演奏音樂的銅人，甚至還有一具演示天象的儀器。

偃師站在一個自動演奏的樂器前，眼中突然閃爍驚奇的光芒。「這樂器……」他喃喃自語，「竟然和我家祖傳的機關有異曲同工之妙。」他的心跳加快，心中冒出一種詭異的感覺。

正當兩人沉浸在這些奇妙展品時，展廳另一端傳來一陣騷動。一群人簇擁著一位身穿華麗長袍的中年男子，朝這個方向緩緩走來。那人身材高大，表情不怒自威，舉手投足間盡顯貴族氣質。

「他……就是智慧宮的主人吧？」柳兒使個眼色，低聲說道。

「應該是！看他的氣度，確實不同凡響。」偃師緊盯著那位男士，試圖從他的舉止讀出更多訊息。

那人在一件件展品前駐足，不時發表幾句評論，周圍的人總是不停點頭。雖然有一段距離，偃師和柳兒仍能感受到他散發的智慧光芒。

「要不要上前打個招呼？」柳兒頗有躍躍欲試的意思。

偃師稍加思索，最後搖了搖頭。「不，現在還不是時候。我們得先做好萬全準備，才能順理成章接近他。」偃師謹慎地分析，「這個人的身份可不簡單，我們不能冒然行事。」

柳兒贊同道：「你說得對。那麼，我們今天的收穫已經足夠了。」

步出這座充滿智慧的殿堂，兩人才驚覺日影早已西斜。在金色的夕陽中，智慧宮的輪廓顯得更加神秘。

## 4

夜幕低垂，尼尼微城陷入一片寂靜。在客棧的一間小屋裡，偃師和柳兒正在低聲密語。油燈的微光在牆上輕輕搖曳，空氣中帶著淡淡的薰香氣息。

參觀智慧宮的經歷讓兩人興奮不已，卻也因此滿腹疑團。「那些展品，」偃師皺眉沉思，「每一件都蘊含非凡的智慧。但我就是覺得，其中必有蹊蹺。」他不自覺地在桌面上輕輕敲打，那是他思緒飛轉時的習慣動作。

「沒錯，尤其是那些機關的精妙程度，我們似乎從未得見。偃師大哥，你有什麼想法嗎？」柳兒道。

偃師似乎有些激動：「至少有一兩件，我懷疑用上了我家祖傳的機關術。不過，我必須近距離觀察，才能確認我的懷疑是否正確。」

柳兒立刻明白了偃師的暗示，上身前傾，壓低聲音道：「你的意思是，我們今夜再去一趟，潛入智慧宮一探究竟？」

「正是！」偃師眼中射出堅定的光芒，「此事至關重要。倘若我的懷疑屬實，便能肯定智慧宮確是神秘人物的大本營！」

柳兒輕輕點了點頭：「我同意。不過那裡戒備森嚴，我們得小心行事。」她露出警覺的神情，「我特別留意過，智慧宮的守衛並非普通士兵，無論眼神或站姿，都顯示出他們受過特殊訓練。」

聽聞此言，偃師不禁打了一個寒顫。他回想起白天見到的那些守衛，確實與尋常士兵不盡相同。「你說得對，」他沉聲道，「我們必須萬分小心。」

於是，兩人開始認真討論潛入計畫。偃師努力回憶智慧宮的結構，並在一張羊皮紙上勾畫出這座建築的布局。「你看，」他指著圖上一個角落，「這裡有個小門，可能是守衛換班用的。我們若能在換班時混進去……」

柳兒仔細研究偃師畫的簡圖，並根據自己觀察到的巡邏路線，不時補充一些細節。「這裡有個暗處，」她指著另一個位置，「可以讓我們藏身，等待適當時機。」

然後，傴師從行囊中取出一個小巧的裝置。「這小東西能製造煙霧，」他拿起那個看似普通的銅環，「關鍵時刻有利我們脫身。」

柳兒又利用最短的時間，教會傴師一種特殊的呼吸法。「這能讓你在需要屏息時堅持得更久，」她解釋道，「潛入時或許派得上用場。」

兩人你一言我一語，逐漸完善了夜探智慧宮的計畫。「就這麼定了！」傴師好似在發號施令，「我們休息一下，子夜出發。」

時間一點一滴流逝，客棧內的喧鬧逐漸消失，取而代之的是夜行動物的細碎聲響。終於到了預定時刻，傴師和柳兒悄悄離開客棧，融入了尼尼微城的夜色中。

月光如水，為寂靜的街道披上一層銀紗，空氣中偶爾傳來夜來香的淡淡香氣。兩人穿梭在狹窄的巷弄，朝智慧宮的方向前進。此時的尼尼微萬籟俱寂，只有偶爾的狗吠聲打破寧靜。

傴師和柳兒每一步都小心翼翼，生怕驚動了巡邏的衛兵。隨著智慧宮越來越近，他們的心跳也越來越快。

萬萬沒想到，就在即將抵達智慧宮時，遠處突然傳來一陣騷動。「怎麼回事？」柳兒瞬間繃緊神經，做好了應對突發狀況的準備。

傴師瞇起眼睛，朝智慧宮的方向望去。「那是……火光？」他的瞳孔映出遠處的微弱光芒。

兩人連忙加快腳步，不一會兒便抵達目的地。眼前的景象讓他們驚呆了，智慧宮已經陷入一片火海！

濃煙正在滾滾升騰，像是要遮蔽整個夜空。熊熊烈火舔舐著智慧宮外牆，高溫令那些精美的浮雕扭曲變形。四周一片混亂，有人救火有人奔逃，呼喊聲此起彼伏。空氣中充滿刺鼻的焦糊味，夾雜著木料燃燒的劈啪聲。

「天啊！」柳兒驚呼，「怎麼會這樣？」聲音中充滿了訝異。

偃師面色凝重：「不知道，總之情況很糟，火勢蔓延得太快了！」他心中湧起一陣難以言喻的悲痛，那些珍貴的發明，那些智慧的結晶，居然就這樣付之一炬。

這時風向一轉，傳來陣陣呼救聲，聲音充滿了恐懼，讓人聽得心頭發顫。透過濃濃黑煙，隱約可見智慧宮內有人拚命揮手。

「還有人被困在裡面！」柳兒喊道。

偃師猛吸一口氣，以無比堅決的口吻道：「對，我們絕不能袖手旁觀。那裡頭有許多無價之寶，更重要的是還有人受困。我們必須趕緊行動……」

這時，智慧宮一側突然傳來一聲巨響，一大片牆壁轟然倒塌，激起的火星四處飛濺。火勢猛烈蔓延開來，只見火光沖天，整座建築在烈焰中搖搖欲墜。

## 5

傴師迅速環顧四周，看到一口水井後，他忽然靈機一動：「柳兒，你去救人，我來設法取水救火！」

柳兒早已蓄勢待發，立刻一躍而起，直奔火場。傴師則衝向那口水井，打量了一下井邊的滑輪，腦海立時浮現一張藍圖。他迅速拆解了滑輪，又在附近尋來一些木棍和繩索，三兩下便拼湊出一個效率奇佳的裝置。

「成了！」傴師低喝一聲，開始操作這個克難的汲水機關。只見水桶以驚人的速度上上下下，大大提升了取水的速度。周圍的人看到這一幕，不禁紛紛發出驚嘆。

「這位爺，」一個滿臉煙灰的年輕人，提著空水桶問道，「你……你從哪裡學來這等本事？」

傴師雖然聽不懂他說什麼，卻也猜得出七八成。他抹了抹額頭的汗水，對年輕人微微一笑，便將滿滿的一桶水遞了過去。

與此同時，柳兒已經深入火場，在濃煙與火焰中穿梭自如，身影如同鬼魅。她敏捷地跳過倒塌的柱子，避開不斷墜落的火球，將受困者一一救出。

「那邊還有人受困！」人群中冒出一聲呼喊，充滿了焦急和驚恐。

柳兒顯然聽到了，只見她縱身一躍，輕鬆跳過一道火牆，精準地落在受困者身邊。她一把抱起那人，又是一個翻身，便毫髮無傷地跳出火場。獲救者雖驚魂未定，仍在不停道謝，眼中充滿了感激和敬佩。

圍觀的人群看得目瞪口呆。「這位姑娘……是女神下凡嗎？」類似的驚嘆聲不絕於耳。這時，遠處突然傳來一個響亮的聲音：「讓開！讓我來！」聲音中充滿權威。偃師轉頭望去，一個身影迅速穿過人群，來到了火場邊緣。

那是個身材高大的中年男子，有著寬厚的肩膀和粗壯的手臂。他的臉龐稜角分明，濃密的眉毛下是一雙炯炯有神的深褐色眼珠。雖然算不上年輕，他的舉手投足依然充滿活力。

偃師定睛一看，那人竟有些眼熟，原來……原來是他們在巴比倫結識的魯巴！雖然他換了一身亞述長袍，但那雙濃眉大眼以及那張堅毅的臉孔，偃師是絕不會認錯的。如今，面對如此危急的情況，魯巴的眼神依然沉著冷靜，似乎對自己的能力信心滿滿。

迅速打開一個皮袋後，魯巴用生硬的阿卡德語，對救火群眾喊道：「快！照我這樣做！」

只見他從袋中取出一把粉末，用力撒向火場。接下來的變化令人難以置信，在粉末接觸火焰的瞬間，火勢竟然立時減弱，煙霧也變得稀薄起來。眾人發出一陣驚呼，彷彿見證了某種奇蹟。

「這是什麼？」偃師忍不住問，忘了對方根本聽不懂。

魯巴果然並未回答，繼續示範撒粉救火的方法，並號召圍觀人群加入。他的口令既簡潔又精準，將眾人指揮得有條不紊。

這時柳兒也飛奔而至，雙手各抓起一把粉末，然後跳上高處，將粉末撒向遠方的火源。她的動作矯健靈活，活脫一隻靈巧的豹子。

一時之間，救火的效率急遽提升，似乎看到了成功的希望。旁觀的人群也受到鼓舞，紛紛加入救火的行列。

然而命運專門捉弄人，就在大家以為勝利在望時，突然傳來一聲巨響！那聲音好似來自地獄深處，震撼了每個人的心靈。

「不好！」有人驚呼，聲音中充滿恐懼，「中央大廳塌了！」

偃師抬頭望去，智慧宮的核心建築整個倒塌，激起的火星四處飛濺，引發了新一輪的大火。目睹了這一幕，他心中湧起一陣難以抑制的悲痛。

這時柳兒走了過來，站到了偃師和魯巴旁邊，三人臉上盡是疲憊和沮喪。他們就這麼眼睜睜，看著智慧宮在烈火中一點點化為灰燼！

「我們……盡力了。」柳兒低聲說，聲音中充滿無奈。

偃師重重嘆了一口氣，語帶哽咽道：「是啊，可惜還是晚了一步。」

魯巴則是自言自語般說了一句：「這場火，來得太突然，太蹊蹺了。」

東方出現了一線曙光，晨曦漸漸驅散了夜的黑暗。然而，對於智慧宮，以及那些珍貴發明而言，黑暗卻已經成為永恆。

## 6

在和煦晨光陪伴下，偃師、柳兒和魯巴拖著疲憊的身軀回到客棧。木質樓梯在他們腳下發出輕微的嘎吱聲，像是在抱怨這突如其來的打擾。

一夜的奮戰讓三人精疲力盡，但他們都毫無睡意。柳兒端來三杯熱騰騰的茶，香氣稍稍舒緩了身心的疲勞。

三人各自找了位置坐下，這間客房雖然簡陋，此刻卻顯得格外溫馨。

偃師揉了揉眼睛，用沙啞的聲音說：「來吧，讓我們好好談談。」他輕輕摩挲著粗糙的陶杯，「魯巴兄，我們很感激你的幫助，可是……」他逐漸換成責問的口吻，「可是，你為什麼會來到尼尼微？而且剛好出現在我們身邊？」不知不覺間，他連眼神也變得銳利了。

柳兒用阿卡德語將這番話如實翻譯出來。魯巴聽後沉默不語，表情逐漸僵滯，似乎在思考該如何啟齒。

「我……」他猶豫了一下，眼神游移不定，「實不相瞞，我是一路追蹤你們來的。」聲音中帶著些許愧疚。

聽完柳兒的翻譯，偃師挑了挑眉。「追蹤？為什麼？」他習慣性摸了摸腰間的機關。

魯巴深吸一口氣，緩緩說道：「還記得在巴比倫，我買下你們的機關獸嗎？」偃師點了點頭，眼前迅速閃過那段回憶。

魯巴逐漸恢復了鎮定，伸出手直指偃師，朗聲道：「正是這個機關獸，讓我發誓一定要找到你！」

「為什麼？」偃師大惑不解。

「因為，我雖是建築師，但我一直在找機會學習各種機關術。」

柳兒插嘴問：「建築和機關有什麼關係？」

魯巴爽快地答道：「多年前，我便悟出一個道理：凡是人造物，不論大小，本質上都算作建築。」他眉飛色舞，眼睛閃閃發光，「這個想法，徹底改變了我的生命軌跡。」

柳兒微微一笑：「這倒是個有趣的觀點。」

魯巴彷彿遇到知音，滔滔不絕道：「從那時起，我從未放過任何學習機關術的機會。大到宮殿的機關門，小到精巧的機關玩具，只要是人造的機關，我都想一探究竟。」

「這麼說，你也是一名傑出的機關師了？」柳兒道。

魯巴卻搖搖頭，謙遜地說：「不，這方面我還差得遠，比我優秀的機關師不知有多少。不過……目前為止，這位偃師老弟，是我最佩服的一位機關師！」

這時，柳兒才注意到偃師一臉茫然，連忙將剛才的對話翻譯出來。偃師聽完後，先是滿臉驚訝，隨即被欣喜之情取而代之。

只聽魯巴又補充道：「我花了一整夜，將那個機關獸徹底拆解。」他不知不覺提高了音量，語速也加快了，「那精密的構造，那巧妙的設計，還有那近乎自然的動作，我從未見過如此高明的機關！」他伸手在空中比劃起來，像是在描繪那些機關的結構。

偃師的興奮不下於魯巴，他萬萬沒想到自己的作品能得到如此高的評價，更何況，還是出自一位多才多藝的異國建築師之口。

魯巴繼續道：「我決心好好向你請教機關術。可是，當我試圖找尋你們，卻發現你們已經離開了巴比倫。」從他說這句話的口氣，聽得出他當時有多麼遺憾。

「於是你就一路追來了？」柳兒感到有點不可思議。

魯巴擠出一抹尷尬的笑容。「說來慚愧，正是如此。你們兩人特徵明顯，又沒有易容喬裝。一路打聽，不難追尋你們的行蹤。」

翻譯完這句話，柳兒不禁露出一抹苦笑，偃師也暗自感嘆自己的疏忽。過去這幾個月，他們在機關術上處處謹慎小心，卻忽略了最基本的偽裝。

「對了，我也有個問題想請教，」魯巴突然變得有些靦腆，「不過有點冒昧……」他的目光不安地在偃師和柳兒之間游移。

「什麼問題?但說無妨！」柳兒爽快道。

魯巴深吸一口氣，終於鼓起勇氣問：「柳兒姑娘……請問你是機關人偶嗎？」聲音中帶著三分敬畏和七分好奇。

聽到這樣的問題，偃師和柳兒先是一愣，隨即哈哈大笑起來。笑聲在簡陋的客房中迴盪，驅散了所有的緊張和疲憊。

「魯巴兄，你這個問題可真逗。」偃師眼中閃著淚光，顯然是笑得太用力了。

柳兒笑著解釋道：「魯巴大叔，我怎麼會是人偶呢？你看——」她起身緩緩轉了一圈，長髮在空中劃出一道優美的弧線，「我是活生生的人啊！」她的動作優雅而自然，絲毫看不出機械的生硬。

魯巴仍舊有些疑惑，目光在柳兒身上不停打轉，似乎是在尋找什麼蛛絲馬跡。「可是……你在火場中的動作，實在太不可思議了。那種速度，那種靈活和力道，我從未見過有人做得到。」

「魯巴兄，你的觀察十分敏銳。確實，柳兒的身手遠超過一般人。」偃師難掩自豪地說。柳兒又補了一句：「我從小就接受嚴格的訓練，所以才能有那樣的表現。」為了謹慎起見，她並未詳述「嚴格訓練」的內容。

魯巴似懂非懂地點了點頭，臉上仍是一副半信半疑的神情。他繼續直勾勾望著柳兒，像是依舊並未信服。

看著魯巴這種憨直的反應，偃師的最後一點戒心也化為烏有。他僅僅思考片刻，便決定對這位新朋友透露一些真相。

「魯巴兄，」偃師正色道，「既然你對機關術如此熱衷，我就據實以告吧。」

於是，偃師講述了他和柳兒此行的目的。他提到了追蹤蟲，提到了在坎達哈的遭遇，也提到了他倆對智慧宮的懷疑。

魯巴聽得十分仔細，除了偶爾發出低聲驚嘆，一直沒有打斷偃師的敘述。不過，他的表情越來越凝重，彷彿意識到了事情的嚴重性。

直到偃師終於講完了，魯巴才若有所悟地說：「所以，你們也懷疑智慧宮的火災並非意外？」

偃師點了點頭，柳兒又補充道：「正如你所說，那場大火來得太突然，太蹊蹺了。」

三人不約而同陷入了沉思，房間裡一時寂靜無聲。

## 7

不知過了多久，柳兒從懷裡掏出一個石雕，才打破這異常的沉默。

這石雕是她昨夜救人時，發現握在那人手中的，後來混亂中找不到那位受困者，她就一直揣在懷裡，直到現在才想起來。柳兒將石雕放在粗糙的木桌上，三人的目光都不由自主被它吸引過去。

那是一塊巴掌大的石雕，形狀古怪，表面布滿複雜的紋路。而且，那些紋路像是在緩緩蠕動，給人一種分外詭異的感覺。

魯巴輕輕撫過石雕表面，道：「這些紋路……似乎是某種文字？」

柳兒將紋路仔細觀察了一番。「這可有趣了！既不是楔形文字，也不像我們見過的任何文字。」

偃師則神情嚴肅地說：「的確，值得好好研究一番。」他從行囊中拿出一些工具，小心翼翼地清理石雕表面的灰塵和污垢。

石雕煥然一新後，散發出微弱的光澤，彷彿蘊含某種神秘的力量。

「你們看，」偃師指著石雕的一角，「這裡好像有個開關。」他目不轉睛地瞪著那部分，似乎在尋找什麼線索。

柳兒和魯巴輪流湊近觀察，果然看到一個幾乎難以察覺的凹槽。接下來，三人試了各種方法，又推又拉，又旋又轉，那開關卻沒有任何反應。

「也許，要用一種特殊的工具，才能啟動這個開關？」柳兒提出自己的猜測。

就這樣，三人從中午一直研究到深夜，始終無法破解這石雕的秘密。尼尼微的夜色漸深，屋內瀰漫著濃重的睡意，雖然誰也不願輕言放棄，最後還是被睡魔征服了。

他們各自找了舒適的位置躺下，帶著那些神秘的紋路進入夢鄉。

# 8

不多久，窗外突然傳來一陣輕微的響動，雖然細微得難以察覺，仍驚醒了熟睡中的柳兒。她立時睜開眼睛，仔細聆聽外面的動靜，可是等了好一陣子，卻只聽見幾聲狗吠。正當她準備起身查看，房門突然被猛地踹開，隨即有七八個黑衣人蜂擁而入。在月光映照下，他們手中的武器閃著森森寒光。

傴師和魯巴這時也被驚醒，兩人還沒來得及反應，柳兒已經如一陣旋風般衝了出去。只見她身形矯健，招式靈活，瞬間便將幾個闖入者撂倒在地。

這群黑衣人畢竟訓練有素，他們連忙調整陣型，將柳兒團團圍住。柳兒雖然武藝高強，但面對這麼多高手，也漸漸顯得力不從心。她的呼吸開始急促，額頭上滲出細密的汗珠。

就在千鈞一髮之際，魯巴和傴師及時加入戰局。魯巴從懷中掏出一顆「藥丸」，使勁向上一拋，爆裂聲隨即綿綿不絕，室內一片煙霧瀰漫，令人視線模糊。

傴師則啟動藏在腰際的機關，一串細小的金屬球呼嘯而出，精準擊中幾名黑衣人的穴道，發出好幾聲悶響。

他倆的攻勢暫時阻擋了敵人，形勢卻依然不容樂觀。猛然間，隨著「刷」的一聲響，一張金屬巨網從天而降，將柳兒牢牢罩住；與此同時，兩道寒光閃過，魯巴和傴師也被鐵鍊緊緊捆住，動彈不得。

「你們的把戲到此為止！」為首的魁梧大漢哈哈大笑，笑聲中充滿勝利的喜悅，「現在，把那個信物交出來！」他的聲音低沉有力，帶有一種不容抗拒的威嚴。

大漢說的是阿卡德語，魯巴和柳兒當然聽得懂，也猜到了所謂的「信物」可能就是那個石雕。但在交換一個眼色後，兩人決定暫且裝聾作啞。

這時，其他黑衣人已開始在房中翻找，可是他們把小小的房間翻遍了，仍然不見那個信物的蹤影。

大漢勃然大怒，拔出彎刀，沉聲道：「莫非你們不要命了？」空氣中頓時充斥肅殺之氣，彷彿下一刻就要有人血濺當場。

突然間，一名瘦小的黑衣人驚呼一聲，用流利的埃及語道：「等等！你……您是魯巴？魯巴大師！」聲音中充滿了驚訝和敬畏。

魯巴怔了一怔，不知這轉折是吉是凶，索性繼續裝聾作啞，靜觀其變。

瘦小黑衣人似乎急了，他快步走近魯巴，伸手猛抓他的長袍。魯巴的右臂陡然裸露，現出一個宛如北斗七星的刺青——不，是疤痕！

「大師，我沒認錯，果然是您！」

劍拔弩張的氣氛瞬間凝固了，眾人的目光都集中在魯巴身上。魯巴則是一臉驚訝和困惑，張大眼睛瞪著那個黑衣人。

「你……究竟是誰？」魯巴用埃及語問道。

黑衣人連忙摘下面罩，露出一張飽經風霜的臉龐。「大師，是我，阿玖！當年在埃及跟隨您的學徒。」聲音中充滿了激動和敬意。

魯巴盯著這個自稱阿玖的男子，記憶瞬間如潮水般湧來。那個曾經跟在他身邊的年輕人，雖然已經步入中年，卻依稀看得出他當年的模樣。「阿玖？真的是你！」

「真的是我，大師！」阿玖激動地說，眼中噙著淚水，「您灼傷手臂時，我就在您身邊，被您一把推了開，否則……那疤痕的形狀，我這輩子都忘不了！」

聽到這幾句話，魯巴閉上眼睛，深吸了一口氣，似乎是在平復內心的激動。「阿玖，」魯巴也有些哽咽了，「沒想到，會在這種情況下遇見你。」他眼中流露出複雜的情緒，既有喜悅，又有無奈。

阿玖猛然轉向其他黑衣人，改用阿卡德語急切道：「各位，這就是我常提起的魯巴大師，埃及最偉大的建築師和發明家。我們絕對不能傷害他！」

其他黑衣人面面相覷，顯然都陷入兩難。「可是，我們的任務……」為首的大漢道，聲音中充滿猶豫。

阿玖則萬分堅持：「大師無論如何不是敵人，我們必須以禮相待！」

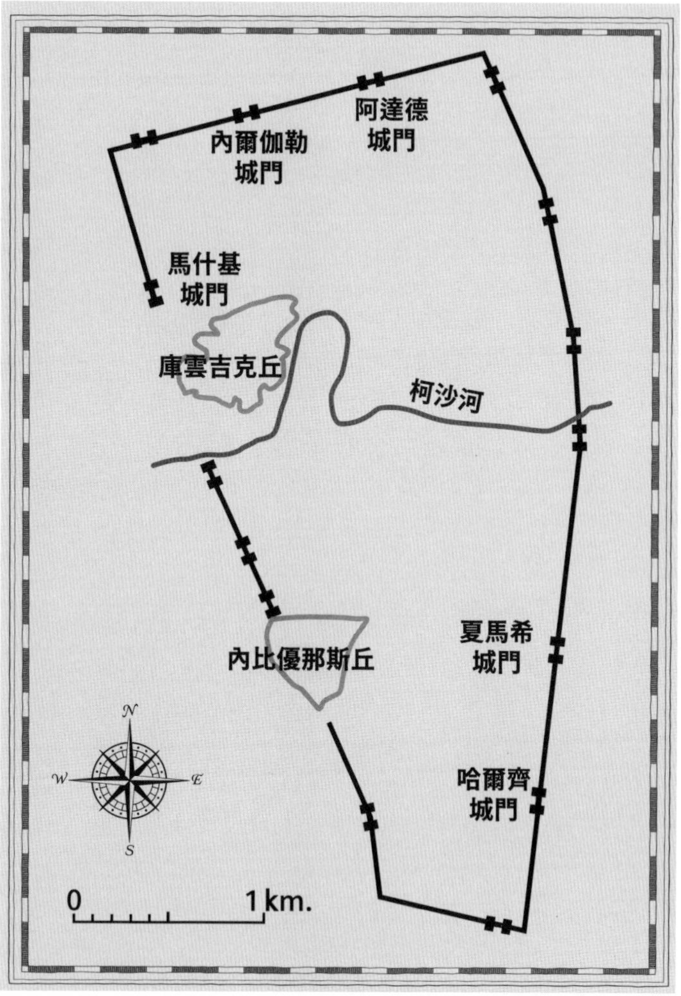


尼尼微古城

# 第五章

# 建築大師

# 1

金字塔在地平線上若隱若現，如同一座座巍峨的山峰；尼羅河在艷陽下泛著金光，河岸兩側的蘆葦隨風搖曳；綠意盎然的三角洲與遠處蒼涼的沙漠形成鮮明對比。這就是古埃及，一個充滿神秘與智慧的文明古國。

魯巴出生於一個貴族家庭，父親是宮廷中備受尊敬的學者，母親則是修為深厚的女祭司。在父母悉心教導下，魯巴自小就接觸各種學問；無論是數學、天文，或是建築，他都顯示出非凡的天賦。每當解開一道難題，或掌握一項新技能，他那雙黑曜石般的眼睛就會閃爍動人的光芒。

「小魯巴，知識就像尼羅河，滋潤著我們的文明。」父親曾經這樣教導他，「而智慧，則是在這條河上航行的船。」年幼的魯巴似懂非懂，卻牢牢記住這句話。

某天，幼小的魯巴站在尼羅河畔，望著遠處宏偉的神廟，好奇地問道：「父親，神廟的柱子為何要做得這麼粗大？」

父親微微一笑，擠出幾抹皺紋。「那是為了支撐屋頂的重量。唯有這麼粗大的柱子，才能讓神廟屹立千年而不倒。」

魯巴顯得若有所悟，靈動的眼珠轉來轉去，似乎醞釀著什麼想法。「那麼，有沒有辦法讓柱子變得更細，又能支撐更重的屋頂呢？」

這個問題讓父親愣住了，他意識到兒子的思維已經超越成人。「我的孩子，你的想法非常有趣。」他鼓勵道，「也許有一天，你自己會找到答案。」

小魯巴流露出堅毅的眼神。「我一定會找到答案，父親。」他低聲道，好似立下一個誓言。

隨著年齡的增長，魯巴日漸嶄露頭角。他不僅精通許多學問，更善於將各種知識融會貫通，創造出令人驚嘆的新發明。

不久後，魯巴便蒙獲法老西阿盟的召見。西阿盟是一位開明且有遠見的君主，深知智者在國家中所扮演的重要角色。

「年輕人，我聽說你有非凡的才能。」法老端坐在鑲嵌著黃金和寶石的王座上，身穿華麗的王袍，頭戴雙重王冠，手持權杖和連枷，態度威嚴卻不失親切。

魯巴恭敬地行跪拜禮：「陛下過獎。我只是盡一己所能，為埃及的繁榮貢獻一份力量。」

法老滿意地點了點頭：「很好。我正在籌劃一項偉大的工程，需要一位富有創見的建築師。你可願意接受這個挑戰？」

魯巴難掩興奮道：「這是我的榮幸，陛下。能否請問，是什麼樣的工程？」

「為了彰顯阿蒙神的偉大，我打算大規模擴建孟菲斯的阿蒙神廟。」法老吐露出他的雄心壯志。

魯巴深深鞠了一躬，以充滿自信的口吻道：「魯巴遵命，一定不負陛下重託。」

就這樣，年僅二十的魯巴被任命為王室首席建築師，開始了他輝煌的建築生涯。

## 2

坐落於孟菲斯的阿蒙神廟，原本便是一座歷史悠久的建築。這時，魯巴站在神廟前的空地，閉上了眼睛，檢視著心中一幅宏大的藍圖。

周圍的工匠正在忙碌工作，鎚擊聲和吆喝聲此起彼伏。不知過了多久，魯巴才緩緩睜開眼睛，目光掃過這一大片工地，心中湧起一陣激動。他知道，自己即將創造一個奇蹟。

「大師，」一名年輕學徒恭恭敬敬走來，汗水在他黝黑的皮膚上閃閃發光，「聽說您打算在不破壞原有結構的前提下擴建神廟，請問要如何做到呢？」

魯巴微微一笑：「其實，我們不僅要擴建，還要讓這座神廟更壯觀，更堅固。」他從腰間解下一卷保存良好的莎草紙，鋪在一塊平整的石板上。紙上繪製了好些設計圖，線條細膩而精確，包含了許多前所未見的建築元素。

「你看，」魯巴指著圖紙，「我打算在原有的建築外圍加上一圈巨大的石柱。它們不僅能支撐更大更重的屋頂，還能為神廟增添莊嚴的氣勢。」

此時已有許多工匠圍在魯巴身邊，紛紛流露出欽佩的眼神，但很快有人提出質疑：「可是，大師，如此巨大的石柱，要如何豎立起來呢？」一個臉上有疤的老匠人擔憂地問。

魯巴莞爾一笑，胸有成竹地答道：「老哈桑，別擔心。我設計了一種新型的滑輪系統，能讓我們輕輕鬆鬆豎起這些石柱。」他從袖中取出一個小巧的木製模型，那是一組複雜的滑輪裝置，大大小小的輪子少說也有三十個。

魯巴輕輕拉動其中一根繩索，整個系統隨即開始運作，不久便提起一根小木棒。「看到了嗎？」他眼中閃爍驕傲的光芒，「有了這個裝置，無論多麼巨大的石柱，都不成問題了。」

這項創新設計很快就在實踐中得到驗證。在新型滑輪系統協助下，巨大的石柱一根接一根站了起來。每根石柱上都刻有精美的浮雕，訴說著古老的神話和法老的豐功偉績。

然而，任何工程都不可能一路順遂。一天，魯巴正在指導工匠雕刻一尊神像，突然聽到一陣慌亂的腳步聲。

「大師！」一名工頭慌慌張張跑來，額頭上的汗水順著臉頰滑落，「不好了！尼羅河面突然上漲，淹沒了運送石料的橋樑！」

魯巴連忙趕到河邊，放眼望去只見滾滾河水，根本沒有那座橋的影子。大量的建築材料被困在河的另一側，可望而不可即。

「命運之神捉弄人啊！」魯巴喃喃自語，隨即環顧四周，最後目光落在岸邊的一堆空陶罐上。

「來人！」他高聲喊道，「把那些陶罐搬來，將開口封上！」

工匠們雖然滿腹疑問，仍舊迅速行動起來。於是，在魯巴有條不紊的指揮下，他們用密封的陶罐製成一座臨時浮橋，讓建築材料得以順利運送，避免了延誤工期。

工程進行中，類似的艱難險阻接二連三，魯巴總是能化知識為力量，一一將之克服。然而，真正的挑戰還在後頭。當神廟的主體結構完工後，魯巴主動提出一個大膽構想：他要在神廟的中心，建造一座空前巨大的方尖碑。

「這座碑的高度約八十肘，」魯巴向法老當面說明，「豎立起來後，它將直指天際，象徵埃及與諸神的聯繫。」

「好主意！不過，魯巴，你有把握完成如此艱巨的任務嗎？」法老顯得既驚訝又興奮。

魯巴信心滿滿答道：「請陛下放心，我已經設計出一套完整的方案。只要巧妙地利用斜面和槓桿，再配合特製的滑輪，就能將這座碑順利豎起來。」

接下來幾個月，魯巴帶領團隊夜以繼日工作，克服了一個又一個難關：艱辛的開採、精確的雕刻、繁複的運輸，以及最後驚心動魄的豎立過程。每一個環節都充滿挑戰！

終於，在一個風和日麗的下午，早已立起的方尖碑完成了最後的校準，整個工地立時爆發出震耳欲聾的歡呼。陽光灑在它光滑的表面，反射出耀眼的光芒，彷彿諸神露出燦爛的笑容。

幾天後，法老站在竣工的神廟前，仰望這座宏偉的建築，臉上堆滿欣慰的笑容。「魯巴，你創造了一個奇蹟。這座神廟將永遠屹立此地，見證埃及和阿蒙神的偉大。」

魯巴心知肚明，這只是一個開始，今後必定還有無數的挑戰。但此時此刻，他允許自己暫時沉浸在勝利的喜悅中。

## 3

端坐在王座上的法老，正不發一語地望著他最欣賞、最信任的建築師魯巴。

「魯巴，」法老終於開口，「今天召你入宮，是因為有一件事，我希望你認真考慮。」

魯巴躬身行了一禮：「陛下有何指示，我必當全力以赴。」

「是嗎？太好了！」法老頗有深意地微微一笑，「我的大女兒，是一位美麗且聰慧的公主。我打算將她許配給才貌雙全的你，讓你……」

聽到這裡，魯巴腦海開始嗡嗡作響，以致沒聽清楚最後幾句話。他突然感到腳步虛浮，似乎隨時可能跌倒，必須用力挺住，才不至於在法老面前失態。

魯巴跟這位長公主有幾面之緣，深知法老所說的「美麗且聰慧」中肯之至。問題是，他無論如何不能接受這個天大的恩賜。

「感謝陛下，這是我無上的光榮。」魯巴先叩謝王恩，隨即話鋒一轉，「然而，請陛下恕罪，容我稟報不得不婉辭的理由。」

法老怔了一怔，並未顯現任何喜怒，只是作勢要魯巴說下去。

於是，魯巴以盡可能委婉的口吻道：「從小到大，我唯一的志向和興趣，便是獲取知識和鑽研學問。若有家庭羈絆，勢必分散時間和精力，讓我無法專心致志。」

法老不願就這麼輕易放棄，打算說之以理：「魯巴，我明白你的心意。然而人生數十寒暑，成就不一而足。功業固然重要，但擁有妻室，傳承血脈，也是人生歷程不可或缺的一環。你是聰明人，應該明白其中的道理。」

魯巴沉默了片刻，內心思緒飛轉，最後還是堅定地搖了搖頭。「感謝陛下的教誨，但知識和學問乃是我的全部生命，唯有在不受干擾的情況下，我才能全心全意，投入其中。」

未曾想到魯巴竟有如此固執的一面，法老長嘆一聲，正準備放過這位首席建築師，卻忽然靈光一閃，以挑戰的口吻道：「你想推掉這門親事，可以，但必須做到一件事。」

魯巴聽懂了這句話的意思，毫不猶豫答道：「陛下請說，魯巴願接受任何挑戰！」

法老板起臉孔道：「如果你能在一年內，改善尼羅河的灌溉系統，讓加倍的土地得到河水滋潤，我便不再為難你。」

「謝陛下，我將竭盡全力，為埃及帶來更多豐饒的土地。」魯巴恭敬地答道。

法老露出一抹苦笑：「好吧，願你創造另一個奇蹟。」

## 4

尼羅河在炎炎烈日下緩緩流淌，空氣中滿是泥土的芬芳，混合著蓮花的淡雅香氣。魯巴站在河岸邊，目光掃過起伏的農田，腦海中浮現出一幅極富創意的藍圖。

「大師，」一位年邁的農夫走向魯巴，客客氣氣問道，「您打算改進這兒的灌溉系統，是嗎？」

魯巴笑道：「是的，我有些新的想法，大有可能讓灌溉變得更有效率，好讓更多的土地得到滋潤。」

老農夫卻露出擔憂的神色：「可是，我們世世代代都是這樣灌溉的。冒然改變，會不會觸怒尼羅河神？」他不安地望向河面，像是在尋求神靈的指引。

魯巴完全能理解這位老農的顧慮。「請放心，我們不是要改變尼羅河，而是要讓這條河能照顧更多人。」他誠心誠意道，「相信我，這不僅不會觸怒河神，反而會讓祂更加欣慰。」

說到這裡，魯巴展開一卷精心繪製的莎草紙。「您看，」他指著圖上縱橫交錯的線條，「我們將在河岸邊，建造一系列的水閘和水渠。」

老農夫似懂非懂地點了點頭，魯巴便繼續解釋：「這些水閘負責控制水流，讓我們能精確地調節灌溉的時間和水量；這些水渠則是負責將水引到更遠的地方，包括以前無法灌溉的幾處高地。」他越說越興奮，彷彿已經看到一片綠意盎然的新農田。

不知不覺間，魯巴身邊圍了一大群農夫。他們大半對魯巴的計畫充滿期待，卻也有少數抱持懷疑的態度。魯巴不厭其煩，花了很多時間解釋這種灌溉系統的原理和優點，終於贏得了廣泛的認同。

一名年輕農夫靦腆地問：「大師，我比較關心的是，將來是不是可以種更多的麥子？」

魯巴毫不猶豫答道：「請放心，等到竣工後，大家不但可以種植更多的作物，甚至還能引入新的品種。」他顯得信心滿滿，好似已經預見豐收的景象。

做好這些溝通之後，魯巴便帶領大隊人馬開始施工。他們在河岸邊挖掘水渠，建造水閘，安裝水車，每個細節都經過精心的計算和評估。魯巴照例親力親為，天天跟工匠們打成一片。

然而，這畢竟是他首次主導水利工程，處處不如預期中順利。甚至有一次，一場突如其來的暴雨導致河水暴漲，沖毀了幾條已經完工的水渠。不久便謠言四起，許多工匠都相信是尼羅河神發怒了。

面對這樣的挫折，魯巴毫不氣餒。經過一番審慎評估，他決定在幾個關鍵位置增設防洪設施。為了安撫工匠們的情緒，他並未解釋防洪的原理，只是一再強調：我們要學習與河神和諧相處，而不是與之對抗。

經過大半年的努力，這套灌溉系統終於竣工。當清澈的河水通過渠道，流向遠處的農田，農夫和工匠都高聲歡呼，甚至有人掉下了眼淚。

聽到這個好消息，法老立即召魯巴入宮。「你不僅是偉大的建築師，更是埃及的恩人！」法老毫不保留地誇讚。

魯巴則是謙遜地回應：「託陛下洪福，我們方能順利完工，埃及的土地才更加富饒，人民的生活才得以改善。」

然後，法老陷入了沉默，彷彿欲言又止，魯巴只好靜靜等待，勉力將忐忑的心情隱藏起來。等到法老再度開口，魯巴才終於鬆了一口氣。

只聽法老緩緩說道：「君無戲言，願賭服輸，那門親事當然作罷！今後，你專心研究學問去吧。」

從此以後，每當魯巴站在尼羅河畔，望著遠處綠油油的田野，心中都會充滿驕傲，卻也會不知不覺憶起公主那張俏臉。

## 5

熾熱的陽光如同一把烈火，毫不留情地灑向大地；赭紅色的巨岩散發出陣陣熱浪，將空氣烤得扭曲變形；岩石縫隙間，幾株頑強的野草在風中搖曳；兩三隻禿鷹盤旋在高空，銳利的目光不斷掃視下方。這片荒涼而神秘的區域，就是遠近馳名的帝王谷，層層疊疊的岩石下，埋藏著無數法老的木乃伊。

在這裡，魯巴將為法老打造一座前所未有的陵墓。這時，他站在峽谷入口處，感受著撲面而來的熱浪，心中湧起一陣莫名的興奮。這項前所未有的工程，有可能成為他一生最偉大的成就。

「魯巴，」法老西阿盟的囑咐又在耳邊響起，「我希望這個陵墓，不但永遠保護我的靈魂，還能彰顯埃及人的智慧與力量。」

魯巴恭敬地答道：「陛下請放心，一個全新的設計已在我心中成形。這座陵墓不僅會是陛下的安息之所，更將成為陛下通往永恆的門戶。」

法老顯得相當滿意：「很好，我等著看你的傑作。」這句話的言外之意，與其說是法老對魯巴的信任，不如說是法老對不朽的期待。

巡視完基地後，魯巴立即召集團隊開會。帳篷內點了幾盞油燈，昏黃的燈光映著眾人嚴肅而專注的表情。

「諸位，這次的任務不同以往。」魯巴鄭重其事道，「我們不僅要建造一座宏偉的陵墓，還要確保它能抵禦時間的侵蝕和盜墓者的騷擾。」他的目光掃過在場每一個人，確保大家都理解這項任務的重要性。

一位年長的石匠抬起頭，滿臉疑惑地問道：「大師，要如何確保這兩點呢？即使最堅固的石頭，終究會被時間磨損；即使最隱蔽的入口，也難免會被貪婪者發現。」

魯巴並未立即回答，而是掏出一卷精心繪製的圖紙，小心翼翼地展開。在油燈映照下，圖紙上的線條益發顯得密密麻麻。「看，這就是我的設計。我們將在山體內部開鑿出複雜的通道和石室，形成一個巨大的迷宮。」

他笑了笑，指著圖紙的一角繼續說：「這裡，我們會設置一系列的機關和陷阱。任何心懷不軌的入侵者，都無法到達法老安息的中心墓室。」

團隊成員紛紛圍上來，仔細研究這個精妙的設計。一名年輕學徒忍不住問道：「大師，這些機關是如何運作的？」

魯巴不經意地露出自豪的神色：「這些機關和陷阱，巧妙利用了重力和風力，有些會在入侵者踩到地磚時啟動，有些則會在氣流擾動下運作。每一處都經過精心設計，既能起到防禦作用，又不會對陵墓造成損害。」

團隊成員聽得悠然神往，紛紛讚嘆魯巴創意無限。眾人眼中燃起了熱情的火焰，迫不及待想要開展這項偉大的工程。

不久，陵墓正式開工了。在上萬人不眠不休的努力下，錯綜複雜的通道和石室在山體內部逐漸成形。魯巴經常站在高處俯瞰整個工地，心中充滿了成就感。

然而，意想不到的問題總是難免的。有一天，一名工匠慌慌張張跑來報告：「大師，不好了！我們在開鑿過程中，鑿穿了一條地下暗河！」

魯巴在第一時間趕到現場，只見一股清澈的水流從地底湧出，即將淹沒已經完工的通道。工匠們臉上寫滿憂慮和恐懼，有人甚至猜測是觸怒了胡狼神。

面對這個意料之外的變故，魯巴絲毫沒有慌亂。仔細觀察了水流的方向和強度之後，他突然靈光一閃，興奮地喊道：「這不是災難，而是機遇！」

於是，魯巴抱著化危機為轉機的精神，修改了原有的設計。他安排了一系列的水閘和機關，確保河水平時只會在山壁間緩緩流動，唯有在遭到入侵時，才會突然湧出大量的河水。這麼一來，不僅解決了暗河的隱患，還增加了陵墓的防禦能力。

同時，魯巴還在墓室牆壁上設計了許多精巧的機關，有的能發射暗箭，有的會釋放毒氣。這些機關都巧妙地隱藏在華麗的浮雕和壁畫中，即使最警惕的入侵者也難以察覺。

此外，在通往中心墓室的道路上，魯巴設置了一系列謎語，內容涉及天文、數學、神話等各個領域，只有真正瞭解埃及文化的人才有機會解開。「嚴格說來，這不能算一道防線，」魯巴對學徒們解釋，「而是向法老靈魂的致敬。」

當法老首度來工地視察時，立刻被眼前的景象震撼了。錯綜的通道、精美的壁畫、詭異的機關，處處體現魯巴的智慧和才能。

「魯巴，」法老萬分感動地說，「你不僅建造了一座陵墓，更創造了一座藝術品。它將永遠守護我的靈魂，也將永遠訴說埃及的偉大。」

魯巴躬身答道：「這是我的榮幸，陛下。我相信，這座陵墓將成為埃及文明的永恆見證。」

## 6

烈日下，工匠們揮汗如雨，正在努力搬運沉重的石塊。空氣中滿是飛揚的塵土，混合著眾人蒸發的汗水，形成一種獨特的氣味。

一名年輕工匠跌跌撞撞向魯巴跑來，他臉上沾滿塵土，汗水在上面劃出一道道痕跡。

「大師！」年輕人氣喘吁吁，聲音中充滿焦急和無奈，「又有工具壞了，這樣下去，陵墓工程恐怕要延誤了。」他遞過來一柄斷裂的銅鑿，魯巴端詳了一番，並用手指來回輕撫斷口。

突然間，魯巴眼睛一亮，似乎有了什麼靈感。「跟我來，阿玖，我們可以做些改良。」聲音中帶著一種堅定的信念。

阿玖跟隨魯巴來到一頂大帳篷，只見裡面擺滿各種奇奇怪怪的工具和材料，牆上還掛了好些設計圖紙。空氣中充斥著金屬和木材的味道，以及一種似有若無的香味，那是魯巴用來保持頭腦清醒的秘方。

魯巴在一堆金屬碎片中翻找良久，找出了一塊質地和顏色都很罕見的金屬。

「我們一直用青銅製作工具，但青銅很容易彎曲變形。」魯巴開始解說，「問題是，工地又不能大量使用鐵器，鐵太珍貴了，只能用來打造兵器。」

聽到這裡，阿玖突然搶著說：「我懂了，如果我們將銅和其他金屬混合，也許就能得到更堅固的材料。」他眼中閃爍興奮的光芒，像是已經看到新希望。

魯巴並未回答，只是投以一個讚賞的眼神。然後，他開始操作一個小型熔爐，每個動作都既專注又精準，彷彿在進行一場神聖的儀式。不久，一團會發光發熱的濃稠液體從熔爐流出來，盡數流進一個模具內。

「這是一種前所未有的合金，」魯巴興奮地說，「希望它冷卻後，能比青銅更堅硬，又不像生鐵那樣脆。不過，當然不可能第一次就有這樣的好運。」

接下來十幾天，魯巴廢寢忘食地工作，嘗試了十幾種新合金，終於有一種大致符合他的要求。在阿玖協助下，他用這種合金製作出各式各樣的工具，包括更鋒利的鑿子和更堅固的鏟子。每件工具都經過反覆的測試和改進，力求做到盡善盡美。

當阿玖將這些新工具揹到工地時，工匠們紛紛圍在他倆身邊，眼中充滿了好奇和期待。

「大家都來試試！」魯巴高聲道，「這些新工具將徹底改變我們的工作方式。」

一名老工匠拿起鑿子，在堅硬的花崗岩上輕輕鬆鬆鑿出精美的紋路。「太神奇了！」老工匠激動地說，「有了這些工具，我們豈不是可以造出比金字塔更宏偉的建築？」

魯巴微笑著答道：「沒錯，這些工具不僅能提高效率，還能讓我實現一些之前不敢想像的設計。」

不出半年，魯巴鑄造的工具便在整個埃及推廣開來。建築工地的效率大大提高，工匠的辛勞也相對減輕。更重要的是，這些工具為埃及的建築帶來無數嶄新的可能。

從此以後，魯巴繼續潛心研究冶金學，不時有新發明問世。然而，他的研究工作並非一帆風順，前後發生好幾次意外，其中一次甚至讓他受了重傷！

那是個炎熱的下午，他們正在進行金屬熔煉實驗。突然，一陣劇烈的爆炸聲響起，熾熱的熔漿四處飛濺。魯巴一把將阿玖推開，自己卻閃避不及，被灼熱的熔融金屬擊中了手臂。

劇痛讓魯巴幾乎暈厥，但他咬緊牙關，強忍痛楚，低頭看了看傷勢。他發現右臂出現一個奇特的疤痕，形狀恰似夜空中的北斗七星。

後來，在養傷的日子裡，魯巴經常一面撫摸那個疤痕，一面思考生命的脆弱和人生的無常。這次的意外讓他有了許多體悟，他開始更加謹慎對待每一項發明，尤其更加注重安全性。

然而，魯巴當時萬萬想不到，這場看似不幸的意外，為他日後的命運埋下了關鍵性的伏筆……

# 第六章

# 匠人公會

## 1

重獲自由的魯巴百感交集，語重心長道：「既然不是敵人，我們何不坦誠相見？」他長嘆一聲，目光掃過在場每一個人，最後停留在阿玖身上，阿玖回報了一個充滿敬意的眼神。

為首的黑衣人卻堅決答道：「我還是希望先找到那個信物！」此言一出，屋內的氣氛又緊張起來，眾人的目光不約而同轉向魯巴。

魯巴卻雙手一攤：「我也毫無概念，真的！」

這時偃師忽然主動開口：「剛才以為情況緊急，我不得不使了一個障眼法，其實它遠在天邊，近在眼前。」柳兒趕緊將這句話翻譯出來。

然後，偃師慢慢彎下腰，做了一個撿拾的動作。轉瞬間，那神秘的石雕便出現在他的掌心。眾人雖然都目不轉睛，卻誰也沒看清他是怎麼做到的。

偃師將石雕放回木桌中央，在油燈照耀下，石雕似乎活了過來，其上的複雜紋路在光影交錯中時隱時現，像是在傾吐一個古老的秘密。

阿玖總算鬆了一口氣，轉向為首的黑衣人，道：「莫戈隊長，這下您放心了吧？」

被稱為莫戈的黑衣人摘下面罩，露出複雜的表情，既有如釋重負的欣慰，又夾雜著莫名的憂慮。

阿玖見莫戈一直沒開口，便逕自道：「魯巴大師，還是請您先說吧。」

「好！我的故事要從兩年前說起，」魯巴開始了他的敘述，「兩年前，我離開生活了大半生的埃及，開始雲遊四海。當時，我已經完成好些大工程，包括阿蒙神廟和法老的陵墓，以及尼羅河的灌溉系統。但是……」他頓了頓，「但是，隨著年齡的增長，我體悟到自己的知識和智慧還多有欠缺！」

聽到這裡，阿玖露出驚訝的表情，想不到他敬仰的大師也有如此謙遜的一面。

「於是，我來到兩河流域遊學。」魯巴繼續道，「這片土地上的文明同樣古老而神秘，我相信這裡一定藏有我前所未聞的知識，以及不同境界的智慧。」

魯巴將目光投向遠方，彷彿瞬間穿越了時空。「我走訪了烏爾、巴比倫、尼尼微等古城，見識到許多令我驚嘆不已的建築和發明。每到一處，我都會仔細觀察，虛心學習。後來，我還曾經出海，遍遊愛琴海沿岸……」

接下來，魯巴詳述了他造訪各個城市的經過，最後下了一個頗富哲理的結論：「我終於明白了，真正的智慧不僅體現於知識和技術，更體現於對人性的理解和對生命的敬畏。」

說到這裡，魯巴對眾人微微一笑：「我的故事暫且告一段落，現在，我想聽聽你們的故事。」他轉向為首的黑衣人，那位名叫莫戈的男子，「能否請你據實相告，你們究竟是誰，為什麼會出現在這裡？」

莫戈鄭重答道：「既然魯巴大師如此坦誠，我們也不該有任何隱瞞。」他吁了一口氣，「我們屬於一個叫作『匠人公會』的組織，這個組織一向行事隱秘，鮮為人知。」

聽到這裡，偃師和柳兒交換了一個眼神。魯巴則顯得若有所思，似乎試圖在腦海中搜索相關的記憶。

「匠人公會的歷史，可以追溯到將近兩千年前。」莫戈繼續道，「那時，兩河流域的文明有如旭日東升，各個城邦百花齊放，彼此之間既有交流，又有競爭。」

偃師和柳兒又對視了一眼，不敢相信這個神秘組織竟有如此悠久的歷史。魯巴則顯得相當感興趣，問道：「既然是匠人公會，應該做過許多工程吧？」

莫戈點了點頭，魯巴又問：「你們的第一個工程是什麼？」

莫戈頓了頓，一本正經答道：「算起來，公會主導的第一個工程，應該就是傳說中的巴別塔。」

屋內頓時一片譁然。「巴別塔？那個傳說中的通天高塔？」柳兒搶先問。

「正是！」莫戈相當肯定，「當時，巴比倫人決定建造一座高塔，我們有好些先輩，都受邀參與了這項偉大的工程。」

魯巴接著問道：「據我所知，巨塔工程最終半途而廢，原因是工匠開始說不同的語言，彼此再也無法溝通，這是真的嗎？」

莫戈擠出一抹苦笑，以不無遺憾的口吻道：「這個傳說不完全正確。事實是，來自各地的工匠原本就語言不通，不久便產生分歧，再加上一些技術上的問題，最終導致了工程的失敗。」

魯巴感慨道：「原來如此，傳說果然不能盡信！」

「不過，」莫戈突然又精神振奮，「正是由於這次失敗，讓我們的先輩意識到團結的重要性。於是，他們決定組建一個跨越地域、語言和文化的工匠組織，這就是匠人公會的由來。」

這個小故事不僅揭露了匠人公會的起源，還彰顯了人類在困境中不屈不撓的精神。魯巴、偃師和柳兒不禁聽得著了迷，彷彿真的看到了那座半途而廢的高塔，看到了那群因語言不通而產生矛盾的工匠，看到了他們如何從失敗中汲取教訓，最終團結在一起。

「對了，」莫戈突然補充，「匠人公會的首任會長也是埃及人。他學識淵博，精通建築、數學、天文、曆法，甚至醫學！」

「你知道他的名字嗎？」魯巴好奇地追問。

「他的埃及名字是印和闐，不過在兩河流域活動時，為了方便融入當地社會，他自稱伊姆霍特普。」莫戈詳細解釋。

聽到這個名字，魯巴立時瞪大眼睛。「原來是他！他是埃及歷史上最偉大的建築師，是階梯金字塔的發明人。」魯巴的聲音充滿敬意，「真沒想到，他竟然還是匠人公會的創始人！」

聽完柳兒的翻譯，偃師也不禁讚嘆：「看來從一開始，匠人公會就聚集了當代最優秀的精英。」

莫戈使勁點了點頭：「沒錯，公會一直致力吸納各地的頂尖人才，共同推動技術的進步。」

這時，柳兒提出一個關鍵的問題：「要長期維持一個跨地域的組織並不容易，你們是如何運作的？」

這個問題讓莫戈露出讚許的神色。「如我所說，巴別塔的失敗，促使我們的先輩成立了匠人公會。而在公會成立後，他們隨即化整為零，隱藏在各地的普通匠人當中，只有在接到任務時，他們才會再次相聚。」

「這種運作方式確實高明。」魯巴露出欽佩的表情，「難怪能延續一兩千年，始終未被世人發現。」

莫戈進一步解釋：「我們一直以隱秘的方式積累知識和技術，同時不斷尋找和培養有潛力的新成員。因此一兩千年來，我們都能在不暴露身份的前提下，參與許多重大的工程。」

魯巴神情嚴肅地問：「在這麼漫長的歲月中，你們如何一直保持凝聚力？」

「這個問題問得好！」莫戈道，「我們擁有一套嚴格的規章制度和傳承體系。例如，每一代匠人都有責任尋找傳人，以便將知識和技藝傳遞下去。此外，我們還有一些特殊的標誌和暗號，用來識別彼此。」

這時偃師突然插話：「所以，你們就像是隱藏在普通匠人中的秘密社團？」

「秘密社團？嗯，這麼說也可以。」莫戈頓了頓，「匠人公會的宗旨，就是要暗中保護並傳承人類最寶貴的知識和技藝。」

聽完匠人公會輝煌歷史的介紹，魯巴不禁感慨萬千，忍不住繼續追問：「莫戈隊長，不知你是否方便談談匠人公會的具體組織結構？」

莫戈露出一抹耐人尋味的微笑：「沒問題，我們的組織結構其實很簡單。最頂端，是一位被大家尊稱為『巨匠』的領袖。」

「巨匠？」柳兒眼睛一亮，「這個稱號聽起來很不一般。」

莫戈昂起了頭：「巨匠不僅是公會中技藝最精湛的匠人，還必須具備卓越的領導才能、淵博的知識，以及高尚的品格。」

偃師感嘆一聲：「聽起來，要成為巨匠，可真不容易。」

莫戈正色道：「確實如此，上千年來，每一任巨匠都是經過嚴格的選拔和長期的培養。我們相信唯有這樣，才能確保公會的傳統得以延續。」他頓了頓，又補充道，「此外，公會的成員還有宗匠十人、大匠百人、巧匠千餘人、良匠逾萬人。例如我自己就是大匠，阿玖則是巧匠。」

聽到這裡，魯巴、偃師和柳兒交換了一個眼神，三人不約而同想到，今天獲悉了一個擁有上千年歷史的秘密。

## 2

油燈的微光在牆上投下搖曳的影子，為這場對話增添了幾分神秘色彩。「莫戈大匠，我很好奇，在這一兩千年的歲月中，匠人公會留下了哪些傑作？」魯巴繼續提問。

聽到這個問題，莫戈再度流露出自豪的神色。「我們參與的工程遍布整個世界，」他眨了眨眼，像是在回顧那些遙遠的歲月，「讓我為大師細數幾個重要的例子吧。」

深吸一口氣之後，莫戈開始娓娓道來：「首先，就是您最熟悉的，吉薩的金字塔群。」

聽到這句話，魯巴不禁失聲驚呼：「什麼?連金字塔也是你們建造的?」

莫戈卻緩緩搖了搖頭。「不，應該說，我們的先輩確實參與了那些工程。特別是那座大金字塔，不論精確的測量或繁複的施工，都暗藏了公會先輩的智慧。」他的語氣充滿了驕傲，如同在講述自己家族的光榮歷史。

柳兒則問道：「我聽說金字塔的石塊嚴絲合縫，當年連一根針都插不進去，這是真的嗎？」

「這麼說也未免太誇張了。」莫戈笑道，「不過，先輩們的確發展出一種技術，能將巨大的石塊分毫不差地安放在預定位置。這種技術，一直是公會最珍貴的傳承。」

偃師由衷讚嘆：「難怪金字塔能屹立上千年！」身為機關師，他深知其中的難度。

莫戈繼續說下去：「除了金字塔，我們還參與了馬耳他的巨石神廟建設。」

「馬耳他？」魯巴眉頭微蹙，顯然對這個地名感到陌生，「那是在哪裡？」

「馬耳他是遠海的一個小島，比您去過的愛琴海還要遙遠許多。」莫戈將目光投向窗外，彷彿在遙望那座島嶼，「雖然是個小國家，他們卻設法造出壯觀的巨石建築。在那項工程中，我們的先輩提供了搬運和堆疊巨石的技術。」

莫戈停頓了一下，這回卻沒有人插話，於是他又說：「而在兩河流域，先輩們參與了烏爾古城的階梯神廟工程。」

魯巴眼睛一亮，如同遇到了老朋友。「我參觀過那座階梯式神廟，沒想到其中也有匠人公會的貢獻。」

「那座神廟將天文學和建築學的智慧融於一爐。我們的先輩協助設計了精確的階梯結構，讓它得以兼具觀星平台的功能。」

最後一個例子，莫戈則用略顯神秘的口吻說：「還有，在著名的克里特島上，先輩們參與了克諾索斯宮殿工程。」

「克里特島？」魯巴對這個地名似乎有點印象，「在愛琴海嗎？」

「是的，它是愛琴海的第一大島，上面出現過燦爛的文明。克諾索斯宮殿是一組複雜的建築群，擁有精巧的通風和排水系統。當年，我們的先輩為這個宮殿提供了好些先進的建築技術。」莫戈如數家珍般介紹。

藉著柳兒的翻譯，偃師聽得心神嚮往。「真令人驚嘆！你們的足跡遍布如此廣闊的地域，參與了這麼多偉大的工程。」

這回莫戈卻謙虛起來：「這些偉大的建築，主要都是當地人民手腦並用的成果，我們只是在關鍵處提供一些技術支援。」

魯巴帶著幾分佩服的口吻道：「聽起來，匠人公會就像一個跨越國界的智慧網絡，將世界各地的建築技術連接在一起。」

莫戈點頭表示贊同：「您說得很有道理！」

這時，魯巴突然想到一個有趣的問題：「請問，公會目前有沒有正在進行的工程？」

莫戈的表情突然嚴肅起來，沉默了好一會兒，屋內的氣氛也因此轉趨凝重。「現在嗎？」莫戈終於開口，「我們的會長正率領一批精英，在耶路撒冷進行一項重大工程。」

## 3

「耶路撒冷？」魯巴略微提高音量，「莫非是所羅門王正在興建的聖殿？」

莫戈露出讚賞的眼神：「不愧是大師，果真見多識廣。」他的聲音低沉而堅定，「沒錯，最近這幾年，公會全力為以色列國的所羅門王，建造猶太教的聖殿。」

聽了柳兒的翻譯後，偃師連忙透過她發問：「猶太教的聖殿，究竟是什麼樣的建築？」

莫戈眼中閃爍著光芒，聲音則帶有難以掩飾的激情。「那是一座前所未有的偉大建築，它不僅是一座神殿，更是人類智慧的結晶。」他的目光掃過魯巴等人，「我們正在將上千年積累的知識和技術，盡數傾注其中！」

身為經驗豐富的建築師，魯巴深知這項工程需要克服無數的困難。他忍不住追問：「能否具體說說你們用了哪些技術？」

這回莫戈一臉無奈，一面搖頭一面說：「很抱歉，魯巴大師，那些細節都是公會的最高機密。」

看到魯巴失望的表情，莫戈又補充道：「況且，我這個大匠，只知道一點皮毛而已。不過我可以透露，聖殿的建造用到了最先進的測量技術、最精湛的石材加工法，以及最巧妙的機關設計。」

「機關設計？」偃師連忙追問，「你的意思是，那座聖殿中藏有機關？」這個訊息對他無疑極具吸引力。

莫戈又神秘地笑了笑，用調侃的語氣道：「這就要等聖殿建成後，你們自己去探索了。」

魯巴語重心長地說：「看來，這座聖殿還是個建築學聖地。」

「正是如此，」莫戈的聲音充滿自豪與期待，「我們希望通過這座聖殿，將建築技藝推向一個嶄新的高度。」

一直忙於翻譯的柳兒，此時主動發問：「可是，你們幾位又為何會來到尼尼微？」她轉頭望向桌面，故意顯得恍然大悟，「喔，是專門來找這個石雕的，對嗎？」

## 4

莫戈的目光也隨之落在石雕上，眼中閃過複雜的情緒。「你所謂的石雕，」他的聲音近乎虔誠，「是匠人公會最重要的信物。它不僅是一個標誌，更蘊含了公會先輩至高無上的智慧。」

柳兒露出不解的眼神：「既然這個信物如此重要，怎麼會出現在智慧宮裡？」

莫戈的表情變得十分複雜，交織著痛惜、憤怒和懊惱。「這個信物本該由十位宗匠輪流保管，兩年前卻不翼而飛，我們追查許久，方知信物落入了智慧宮。」

「你們是怎麼查到的？」柳兒追問，聲音中帶著好奇和敬畏。

莫戈以充滿自信的口吻答道：「匠人公會在各大城市都有眼線，通過他們的情報，我們逐漸縮小範圍，最終鎖定了智慧宮。」

魯巴挑了挑眉：「所以，你們此行的目的，就是要奪回這個信物？」

「沒錯！」莫戈的聲音充滿使命感，「會長得知信物下落後，立即組織了一支特遣隊。他知道我自幼習武，精通搏擊術，所以任命我為特遣隊的隊長。」

魯巴意味深長地緩緩點頭，並沒有再開口。

莫戈的表情突然變得萬分嚴肅，聲音中則透著幾分無奈。「但是，等到我們抵達尼尼微，才發現情況比想像中複雜得多。智慧宮被焚毀，信物又落入你們手中，這才導致先前的誤會，真的非常失禮！」

柳兒為了緩衝氣氛，笑道：「沒關係，我國有句古話，不打不相識。」

魯巴則望向莫戈，以不容拒絕的口吻問道：「莫戈大匠，請告訴我，這信物到底有什麼特別之處？為什麼你們如此重視？」

莫戈板起臉孔，目光掃過屋內每一個人，最後又落到那個石雕上。「這個信物，本身就是一個奇妙的發明，蘊藏了公會先輩的智慧結晶。」

「哦？能說得更具體些嗎？」魯巴瞪大眼睛，上身不自主前傾，要將莫戈說的每個字都聽仔細。

莫戈微微瞇起眼睛，彷彿在望向遙遠的過去。「這信物是用一種特殊的礦物打造。那種礦物非常罕見，既不是金屬，也不是玉石，卻兼具兩者的特性。」他眼中閃過神秘的光芒，「最神奇的是，它能自行產生微弱的熱量。」

「自行產生熱量？」偃師感到不可思議，「這怎麼可能呢？」身為一名頂尖機關師，他竟然對這個現象聞所未聞。

「事實便是如此！」莫戈頗為興奮地答道，「這種熱量雖然微弱，卻是源源不絕。公會先輩利用這種特性，將信物設計成一個微型的動力裝置。」

魯巴伸手摸了摸那個石雕，道：「難怪這信物給我一種奇怪的感覺，好像內部有什麼東西在運作。」

「沒錯，」莫戈以充滿敬意的口吻道，「這信物的存在，證明了公會先輩對熱能的深刻理解。」

「那麼，智慧宮知道這個信物的真正用途嗎？」柳兒突然問了一個耐人尋味的問題。

莫戈搖了搖頭，再度繃起臉來。「我們並不確定。可是，倘若他們真的知道了這個秘密，後果可能非常嚴重。」

「為什麼？」魯巴急切地追問。

莫戈的聲音變得更加低沉：「因為，如果有人充分掌握它的運作原理，便有可能釋放出前所未有的強大力量。這種力量若被心術不正之人掌握，後果不堪設想！」

聽完莫戈的解釋，大家都意識到事情的嚴重性。小屋內頓時陷入沉默，空氣中凝結了一層無形的張力，令人連呼吸都不太順暢。

良久，魯巴才深吸一口氣，憂心忡忡道：「看來，我們無意間捲入了一個大陰謀。」

莫戈附和道：「確實可以這麼說。如今我們面對太多的謎團——智慧宮到底有什麼圖謀？為什麼一定要盜取我們的信物？此外，智慧宮主人背後還有沒有更神秘的勢力？」

柳兒突然插話：「等等，目前為止，我們對智慧宮主人幾乎還一無所知。莫戈大匠，你們對他可有什麼瞭解？」

「關於這位智慧宮主人，」莫戈緩緩道，「我們確實掌握了一些訊息。他是一個非常神秘而又可畏的人物……」隨著莫戈的敘述，一個謎樣人物的形象逐漸浮現眾人眼前。

## 5

「智慧宮的主人，名叫納布什木。」莫戈一字一頓地說出這個名字，燈火也碰巧顫抖了幾下，「這個人物的背景，可說是既顯赫又迷離。」

魯巴、偃師和柳兒都屏氣凝神，專注聆聽莫戈的講述，等待他揭開謎底。

「納布什木是一位貴族，而且還是亞述王室的近親。」莫戈的聲音帶著幾分敬畏，「據說，他擁有的財富與亞述國庫不相上下。奇怪的是，一個身份如此顯赫的人，卻很少在公開場合露面。」

柳兒本想說，她和偃師可能在智慧宮瞥見過納布什木，話到嘴邊卻忍住了，改為追問：「那麼，他為什麼要建造智慧宮呢？」

莫戈笑了笑：「因為，納布什木生平唯一的嗜好，就是收藏奇巧的發明。」

「奇巧的發明？」柳兒不禁皺起眉頭，「就是智慧宮展示的那些嗎？」

「不只那些，還有更加匪夷所思的。」莫戈不知不覺興奮起來，「舉例來說，像是能開口說話的雕像、能預報天氣的機關，甚至能飛到天上的裝置，都是納布什木熱衷收藏的。」

魯巴語重心長道：「聽起來，這位納布什木的確是個特立獨行，甚至是獨一無二的貴族。」

莫戈點了點頭：「完全正確！而且，為了得到那些發明，他幾乎是不擇手段。如果能用金錢換取，他會毫不猶豫地一擲千金。」

「如果買不到呢？」柳兒警覺地問。

莫戈繃著臉，咬牙切齒道：「如果買不到，納布什木就會採取極端的手段——巧取豪奪，偷拐搶騙，他一律不忌諱！」

聽到這裡，偃師恍然大悟，驚呼道：「難道說……」

柳兒則是直接追問莫戈：「你的意思是，我們一路追蹤的那些神秘人物，就是納布什木派出來的？」

「根據我們的調查，確實如此。」莫戈毫不猶豫，「那幫阿利安人是納布什木的親信，專門替他搜羅各地的奇巧發明。」

這時，偃師喃喃自語了一句：「難怪他們對我的機關術如此熱衷……」聲音中混雜著驕傲和憂慮。

莫戈則是逕自說下去：「智慧宮表面上是展示新發明的博物館，實際上，它是一個巨大的寶庫！」他頓了一下，「公開展出的，都是合法取得的發明，但他們之所以這麼做，純粹是為了掩護智慧宮的非法收藏。凡是通過非法手段獲得的珍品，都收藏在地下密室，只供納布什木一人玩賞。」

柳兒秀眉一蹙，高聲道：「好一招實中有虛，虛中有實！這樣看來，智慧宮根本是個秘密基地。」

「沒錯，而且我們有理由相信，納布什木蒐集這些發明，除了滿足個人興趣，可能還有更大的圖謀。」莫戈顯得憂心忡忡，「可是……現在，智慧宮付之一炬，這個謎團變得更加難解了。」

聽到這裡，魯巴、偃師和柳兒都倒抽一口涼氣。他們不約而同想到，這個龐大而複雜的陰謀遠超出自己的想像。

莫戈突然話鋒一轉：「不過，我們的當務之急，卻是另外兩個問題。」

「什麼問題？」魯巴問。

「既然智慧宮化成了灰燼，納布什木收藏的珍貴發明去了哪裡？還有，更重要的是，納布什木本人如今何在？」

此話一出，屋內再次陷入了沉默。窗外夜色已深，星光透過窗戶稀稀落落灑進來，為這個充滿謎團的夜晚增添幾分詭異。

然後，柳兒像是想到了什麼關鍵，朗聲道：「等等，我們是不是應該先弄清楚，智慧宮為什麼會被焚毀？這場大火是否和納布什木有直接關係？」

莫戈露出激賞的神情：「問得好！其實，關於智慧宮的火災，我們也有一點線索……」

這時，窗外突然傳來一陣急促的腳步聲，莫戈立時警覺地站了起來。「不好，看來我們的行蹤暴露了，必須趕緊撤離！」

## 6

屋內的氣氛瞬間緊張萬分，連燈火也開始劇烈搖曳，彷彿預示即將到來的危險。

魯巴、偃師和柳兒利用最短的時間，各自做好了應對的準備。魯巴迅速掃視房間四周，尋找可能的逃生路線；柳兒悄無聲息地移到窗邊，機警地觀察外面的動靜；偃師則打開一包行囊，取出幾樣小巧的機關。

與此同時，另一名黑衣人闖入客房，他並未戴面罩，驚慌的表情讓人一覽無遺。「隊長，不好了！一隊亞述士兵即將抵達客棧！」他氣喘吁吁地向莫戈報告。

莫戈猛然臉色一沉，急問：「有多少人？裝備如何？」

「大約二十人，」那人聲音微微顫抖，「全副武裝，看來是直屬王宮的精銳部隊。」

魯巴蹙眉問道：「亞述士兵？他們怎麼會找到這裡來？」他不自覺地望向那塊神秘的石雕，心中湧起一陣不安。

莫戈搖了搖頭，大聲道：「沒時間細想這個問題了，我們必須立即撤離！」

「他們離這裡還有多遠？」柳兒問。她緊盯著窗外，尚未看到任何動靜。

那黑衣人緊張兮兮答道：「以他們的速度，最多一刻鐘就會抵達。」

傴師冷靜地分析：「可能已有暗樁包圍了整個客棧，我們最好別從後門撤離。」他顯然正在思索其他的逃生之道。

莫戈繃著臉道：「沒錯，我們必須設想其他辦法。」

這時柳兒突然眼睛一亮：「我有個主意！」

眾人的目光立時聚焦在她身上，只聽她信心滿滿道：「魯巴大師剛才提到，他曾發明一種高明的滑輪系統，若能臨時做一個，或許我們就能從屋頂逃走！」

魯巴揚了揚眉，瞬間便確定這個計畫有可行性。「好主意！但我需要繩索和木材。」

「我來負責，」柳兒果斷答道，「閣樓有曬衣服的繩子。」

「可是，」莫戈焦急地問，「如何把繩索掛到對街的屋頂呢？」

「這就不用你操心了。」魯巴道，同時和柳兒相視一笑。

「那就好，」莫戈眼中冒出希望的光芒，「我們負責找木材。請問大師，您需要多少時間？」

魯巴瞇起眼睛算了一下：「如果材料齊全，要不了一刻鐘。」

「那就這麼辦！」莫戈立時下令，「大家趕緊分頭進行！」

眾人有條不紊地迅速展開行動。柳兒輕巧地跳到閣樓去取繩索，莫戈等人則在屋內四下「張羅」木材。魯巴和傴師開始規劃滑輪的設置，雖然只能比手劃腳，但兩人配合得極有默契，活脫一對合作多年的老搭檔。

時間一點一滴溜走，空氣中的緊迫感越來越濃，人人額頭上都冒出了細密的汗珠。

終於在最後一刻，魯巴宣布大功告成。「走吧！」

眾人魚貫爬上屋頂，此時，亞述士兵的腳步聲已清晰可聞。柳兒隨即施展輕功，帶著繩索跳到對街的屋頂，引來莫戈等人一串不敢置信的驚呼。

「快走！」莫戈催促道，「他們馬上要衝進來了！」

魯巴率先示範使用滑輪的方法，動作雖然有些生澀，仍不失穩紮穩打。他穩穩地滑到對面的屋頂，立刻轉身向其他人招手。緊接著，傴師也滑了過去，然後是莫戈和他的手下。

就在最後一人安全降落之際，客棧的大門被亞述士兵踹開，傳來一聲震耳欲聾的巨響。

「我來帶路！」莫戈大喊一聲。

月光下，一群黑影遊走在屋頂之間，好似一群夜行的精靈。身後，亞述士兵的怒吼聲越拉越遠……

# 第七章

# 和平之城

# 1

一支由十數名騎士組成的隊伍，正悄然穿過猶大曠野。他們已經走了七天七夜，終於即將抵達目的地。

這支隊伍以公會特遣隊為主，此外還有三位遠客，他們正是來自埃及的魯巴，以及來自東方的偃師和柳兒。

「看啊！」魯巴指向遠處的地平線，「那兒應該就是耶路撒冷！」

偃師和柳兒順著他指的方向望去，只見一座雄偉的城市在朝陽中若隱若現，好似披上一層金色的薄紗。

「真是壯觀！」偃師的目光掃過城牆，暗自估算它的高度和厚度。

柳兒卻皺了皺眉：「不過看起來，這座城市並不太平。你們看，雖然它三面環山，易守難攻，城牆上還是站滿衛兵。」她已經大致學會埃及語，所以這句話，她用兩種語言各說了一遍。

「看來耶路撒冷雖然美麗，卻經常面臨戰爭的威脅。」魯巴附和道。

這時，前面的騎士陸續停了下來。隨著一陣沙塵飛揚，一名魁梧的中年男子驅馬來到三人身邊，他正是匠人公會特遣隊的隊長莫戈。

「三位貴客，」莫戈恭敬道，「我們已經來到耶路撒冷城外。在進城之前，有些事需要跟三位說明。」他頓了頓，不自覺地壓低了聲音，「耶路撒冷是一座歷史悠久的城市，上千年來換過許多主人，最近才被以色列人佔領，成為以色列國的首都。」

「原來如此，」魯巴恍然大悟，「難怪城牆上守衛如此森嚴。」他回想起祖國埃及的城池，沒有任何一座有如此扎實的防禦工事。

莫戈略停了停，又道：「耶路撒冷不僅是軍事要塞，更是宗教聖地。我要特別強調的是，以色列人只信奉一個神，名叫耶和華。他們堅信除了耶和華之外，其他的神都是假的，這點要請三位特別留意，以免言語間犯了忌諱。」

聽罷這番話，三人心中各有所思。魯巴聯想到埃及的眾神，偃師回憶起吐魯番的祭天儀式，至於柳兒，則是閃過一個耐人尋味的念頭。

莫戈正要繼續說下去，柳兒突然插話：「請問，我們一路上遇到不少商隊，他們是從哪裡來的？」

莫戈笑了笑：「柳姑娘好眼力。耶路撒冷位於重要的商道上，南接埃及，北通西臺，東面則是通往兩河流域的要道。」

柳兒若有所思地說：「難怪這座城市如此繁華。不過，我看到城外有不少帳篷，那又是怎麼回事？」

「那些人，一半是朝聖者，一半是行商。」莫戈解釋道，「耶路撒冷是猶太教的聖地，每年都有大量朝聖者前來。再加上絡繹不絕的商隊，城裡的客棧早就住不下了，所以很多人乾脆在城外紮營。」

魯巴不禁感嘆道：「真是一座神奇的城市！政治、軍事、宗教、商業，都在這裡交匯。現在，我總算明白匠人公會為何如此重視聖殿工程了。」他開始在腦海中構思聖殿的外觀，想像它如何與這座城市水乳交融。

莫戈露出一抹神秘的微笑：「魯巴大師果然慧眼如炬。其實，此地還有更多值得發掘的事物，你們慢慢就知道了。」

這時城門處傳來一陣騷動。魯巴等人循聲望去，見到一隊全副武裝的士兵朝他們這個方向前進。士兵們身穿皮甲，手持長矛和盾牌，步伐整齊劃一，散發出一種不容忽視的威嚴。

「應該是來接我們的，」莫戈道，「大家準備好，我們要進城了。」

魯巴、偃師和柳兒對視了一眼，三人都是既興奮又緊張。柳兒拍了拍胯下的白駒，親暱地說了一句：「小雪，這次你能進城瞧瞧了，高興嗎？」

「走吧，」魯巴一面勒馬，一面輕聲道，「咱們去揭開耶路撒冷的神秘面紗。」

## 2

七天前的深夜，在尼尼微城外圍的一座廢棄神廟內，空氣中滿是潮濕的氣息，夾雜著隱隱約約的霉味。

魯巴、傴師和柳兒跟隨匠人公會的特遣隊，來到了這座早已荒廢的建築。放眼望去，石柱上爬滿了藤蔓，破碎的屋頂映著點點月光，為這個臨時藏身所平添了幾分神秘感。

此時，特遣隊長莫戈正站在一根斷裂的石柱旁，神情嚴肅地向魯巴等人解釋他們被追捕的原因。他將聲音壓得很低，彷彿擔心會驚動潛伏在黑暗中的敵人。

「根據我的推測，」莫戈道，「想必是亞述王室懷疑你們與智慧宮的火災有關。」

「什麼？」魯巴驚訝地說，「我們三人，明明是在火災發生後才抵達的。」他蹙眉回想當時的情景，火光已經照亮半邊天，傴師和柳兒才進入火場，他自己則緊跟在後。

莫戈苦笑了一下：「沒錯，但是亞述王室可不這麼想。」他的手不自覺地摸向腰間的劍柄。

傴師皺起眉頭：「這太荒謬了。他們有什麼證據嗎？」柳兒照例將這句話翻譯成了阿卡德語。

「證據倒是沒有，」莫戈搖了搖頭，「但是，王室早已獲悉特遣隊的存在，也知道我們正在調查智慧宮的主人。這兩天，我們又把注意力轉移到你們三人身上，王室自然而然有了聯想。例如，你們可能是為了協助銷毀證據，才放了這把火。」

「你的意思是，」柳兒道，「亞述王室同時也在懷疑納布什木？」她的聲音輕柔，話鋒卻十分銳利。

「沒錯，」莫戈答道，「所以，我倒是有另一種推測——智慧宮那把火，很可能是納布什木自己放的。」

「什麼？」三人異口同聲驚呼，聲音在空曠的神廟中迴蕩良久，驚動了好些棲息在屋頂的夜鳥。

莫戈趕緊環顧四周，確定並未引來敵人，才繼續壓低聲音道：「我有理由懷疑，納布什木發現了一個驚天動地的秘密，為了掩蓋這秘密，他選擇放火燒毀智慧宮，然後趁亂潛逃。」

「這……也太可怕了。」偃師喃喃道，「如果真是這樣，他會害得我們在亞述帝國無處容身。」

魯巴突然眼睛一亮，搶著說：「如果納布什木真的發現或研製出什麼東西，他不可能將它留在智慧宮，任由它被火燒掉。」

莫戈鄭重其事答道：「這正是我們最擔心的，納布什木很可能帶著他的秘密逃走了。然而事到如今，我們也是一籌莫展，唯一慶幸的是，我們不負會長所託，總算把信物找到了。」

雖然神廟並非久留之地，但是為了一舉逃出亞述帝國，特遣隊必須備齊充足的糧草。因此，眾人在神廟躲了一整天，直到次日深夜，才準備在黑暗的掩護下悄悄撤離。

正當莫戈要下令出發時，特遣隊一名成員匆匆跑來，手裡抓著一隻鴿子。「隊長，」那人氣喘吁吁道，「飛鴿傳書到了！」

莫戈迅速接過信件，仔細讀了一遍。只見他的表情從凝重變為驚喜，最後露出難得的笑容。魯巴、傴師和柳兒都屏住呼吸，等待莫戈揭曉真相。

莫戈抬起頭，稍微提高音量道：「我收到了會長的親筆信，他已獲悉我們巧遇魯巴大師，要我代他邀請大師一同前往耶路撒冷。」

魯巴又驚又喜：「跟你們去耶路撒冷？」

「是的，」莫戈使勁點了點頭，「艾桑會長特別交代，要我務必邀請魯巴大師親臨工地，為聖殿工程提供寶貴意見。」

魯巴腦海中瞬間浮現出無數的建築藍圖，一幅比一幅更加宏偉壯觀。不出片刻，他便爽快答道：「這是增廣見聞的難得機會，我欣然接受會長的邀請。」

然後，他轉向傴師和柳兒，勸道：「兩位，我建議你們一起去。」

傴師顯得有些猶豫：「可是，那些神秘人物呢？」

魯巴面帶微笑道：「親愛的朋友，難道你忘了，那些人物已經不再神秘，他們的幕後指使者正是納布什木。至於剩下的謎團，」他雙手一攤，顯得有些無奈，「恐怕都已經付之一炬了。」

莫戈則語重心長地說：「倘若納布什木真的另有圖謀，兩位就更要跟我們走了。匠人公會眼線眾多，或許能打探到對你們有用的消息。」

「沒錯！」魯巴附和道，「而且，人多勢眾，安全也有保障。」

傴師和柳兒對視了一眼，終於點頭同意。與此同時，外面突然傳來一陣馬蹄聲，莫戈警覺地一躍而起，右手已經按在劍柄上。

直到又傳來幾下口哨聲，莫戈才鬆了一口氣。「是自己人，我們該出發了！」

於是，在昏暗的月光下，這支以公會特遣隊為主體的隊伍，悄然撤離了神廟，朝遙遠的耶路撒冷進發。一隊人馬很快消失在夜色中，只留下一座寂靜的廢墟。

## 3

耶路撒冷陽光燦爛，空氣中充斥著香料、烤餅和汗水的氣息，街道上人聲鼎沸，商販的吆喝聲此起彼落。在莫戈引領下，魯巴、偃師和柳兒穿過一條條狹窄的街道，朝目的地大步走去。

「那就是聖殿嗎，好像已經完工了？」柳兒指著遠處一座壯麗的建築，眼中閃爍好奇的光芒。

莫戈抬頭看了看，答道：「不，那是王宮。聖殿在它後面，距離完工還有一段時日。」

又走了幾條街，莫戈伸手一指：「看！那就是所羅門王為耶和華建造的聖殿。」他的聲音帶有明顯的自豪，畢竟，身為匠人公會的大匠，他也是工程團隊的重要成員。

走著走著，聖殿的外觀越來越清晰。「真是令人嘆為觀止！」魯巴感嘆道，「看看那些巨大的石塊，每一塊都經過精確的切割和打磨，然後完美地嵌合在一起。這種技術，即使在埃及也是罕見的。」身為一名經驗豐富的建築師，他立刻注意到這座聖殿的獨特之處。偃師也忍不住出聲讚賞：「我雖然不懂建築，也看得出這座殿堂不同凡響。你看那些柱子，多麼壯觀，又多麼精美！」

柳兒則抱持求知的精神，央請莫戈解說聖殿的結構。莫戈隨即娓娓道來：「聖殿主要分為三個部分。外面是院子，用來舉行各種儀式和祭典。院中央是外殿，也叫聖所，裡面擺放供桌、金燈檯和香壇。最裡面則是內殿，所謂的至聖所，完工後，約櫃就會安放在那裡。」

「約櫃？那是什麼？」柳兒秀眉微蹙，顯然被這個詞彙難倒了。

莫戈解釋道：「約櫃是個包金的木櫃，它是以色列民族最神聖的器物，據說裡面存放著耶和華賜給先知的石板，上面刻有以色列人必須遵守的十條誡律。」

「可是，為什麼叫約櫃呢？」柳兒鍥而不捨追問。

莫戈居然沒有被問倒。「因為，那十條誡律是耶和華和祂的子民約定的金科玉律。」他靦腆地笑了笑，「其實，我也是最近才聽說的。」

這時，他們正巧來到了聖殿的入口。一位身材壯碩、面容嚴肅的男子走了過來，他的皮膚黝黑，雙手粗糙，顯然常年從事體力勞動。

「這位是來自希臘的阿薩斯宗匠，」莫戈介紹道，「他是聖殿工程的總監之一。」

阿薩斯先跟莫戈點頭致意，隨即轉向三位客人，堆滿笑容道：「歡迎你們來到耶路撒冷。聽說魯巴大師是埃及最傑出的建築師，不知您對這座聖殿有何高見？」他說的也是兩河流域通行的阿卡德語，雖然有些異邦口音，但魯巴和柳兒當然聽得懂。

魯巴謙虛地答道：「不敢當，阿薩斯宗匠過獎了。我對這座聖殿早有耳聞，今日得見，果真名不虛傳，確實是一座劃時代的偉大建築。」

阿薩斯客客氣氣做了一個「請」的手勢：「來，讓我帶你們參觀一輪吧。」

於是，在這位宗匠引領下，他們魚貫步入了外殿，眼前的景象立時讓三人驚嘆不已。牆壁上雕刻了精美的花紋和圖案；高大的石柱支撐起寬闊的拱頂；陽光透過精心設計的窗戶灑進來，為整個空間增添神聖的氛圍；空氣中飄散著香柏木和橄欖油的芳香，讓人不由得心生敬畏。

「你們看，」阿薩斯指著一旁的牆壁，「這些都是用黎巴嫩的香柏木做的護牆板，上面鑲嵌了純金，還雕刻了棕櫚樹、天使和盛開的花朵。」

一直在仔細觀察的魯巴，這時突然問道：「阿薩斯宗匠，我注意到這些石塊相接得異常緊密，幾乎看不出縫隙，請問你們是怎麼做到的？」

阿薩斯露出一抹神秘的微笑：「呵呵，這可是匠人公會特有的工法。我們先用一種特殊的技術，將石塊打磨得極為平整，再用特製的工具，將一個個石塊精確放置到定位。」

雖然阿薩斯幾乎等於什麼也沒說，魯巴仍若有所悟般微微點頭。

走到內殿門口時，阿薩斯停下了腳步。「很抱歉，內殿正在進行重要施工，暫時不能進入。不過，我可以透露一件事，內殿的牆壁將全部用純金包裹，地板也會鋪上金子。」

「全部用金子？」柳兒驚訝不已，「那得多少才夠啊？」她皺起眉頭，似乎在納悶哪兒來的這麼多黃金。

阿薩斯笑了笑：「所羅門王說了，為了榮耀耶和華，再多的金子也不嫌多。」

結束參觀後，三人站在工地入口，望著這座即將完工的宏偉建築，各自陷入了沉思。

「真是令人難以置信，」魯巴讚嘆道，「這聖殿不僅規模宏大，而且處處展現精湛的工藝。從整體布局到每個細節，都經過了精心設計。」

偃師立時表示贊同：「我對建築並不精通，卻也能感受到其中蘊含的智慧。比如說，那些看似普通的柱子，我懷疑裡面藏有某種機關。」他伸手在空中比劃，像是在描繪一個複雜的機關裝置。

柳兒立刻追問：「機關？你是說像陵墓中，那些防盜的機關嗎？」

偃師搖了搖頭：「並不盡然，聖殿的機關似乎更精巧，而且更隱密。我覺得，這裡還隱藏著許多難以察覺的秘密。」他顯得躍躍欲試，聲音中透出明顯的興奮。

魯巴附和道：「你說得對，偃師老弟。這座聖殿給我的感覺，與其說是宗教場所，不如說更像一座智慧寶庫。我們一定要把握機會，好好研究一番。」他眼中閃爍精光，似乎已經迫不及待。

這時莫戈走了過來，朗聲道：「三位貴客，艾桑會長準備了一場盛大的接風晚宴，請隨我來吧。」

於是，在耶路撒冷的夕陽中，三人隨著莫戈離開了聖殿。

## 4

晚宴大廳金碧輝煌，牆上眾多的燭台將整個空間照得通明。空氣中滿是香料和烤肉的氣味，混合著微微的酒香，令人食慾大開。

魯巴等人穿過廳門後，便見到一位身材高大的男子站在大廳中央，似乎正在等待他們的到來。

「那位就是艾桑會長嗎？」柳兒小聲問。

莫戈以充滿敬意的聲音答道：「沒錯，他就是我們匠人公會唯一的巨匠——艾桑會長。」

隨著雙方逐漸接近，艾桑的形象也逐漸清晰。他年約五十，身材魁梧，有一頭濃密的捲髮，雙眼深邃而有神。這位會長的皮膚接近古銅色，顯然他經常在戶外工作，絕非養尊處優之輩。

「歡迎，親愛的朋友們！」他的聲音低沉，帶著一種莫名的親和力，「我是艾桑，很高興終於見到三位。」

魯巴上前一步，恭敬地行了一禮，同樣用阿卡德語道：「艾桑會長，萬分榮幸。我是魯巴，來自埃及；這兩位是我的朋友偃師和柳兒，他們來自遙遠的東方古國。」他多少有點緊張，畢竟在他心目中，艾桑是名符其實的巨匠。

艾桑笑道：「魯巴大師，久仰大名。你在埃及的建築成就，我們可是早有耳聞啊。」語氣十分誠懇，顯然並非在說客套話。

魯巴謙遜地答道：「會長過獎了。比起您建造的這座聖殿，我的那些工程不值一提。」艾桑哈哈大笑，笑聲相當爽朗。「魯巴大師太謙虛了！來，我們入席吧，邊吃邊聊。」他做了一個手勢，引導三位客人來到長桌前。莫戈推說另有要務，隨即告辭離去。

桌上擺滿各式各樣的美食，有烤羊肉、乳酪、無花果、蜂蜜和香醇的葡萄酒。三位客人入座後，艾桑親自為他們一一斟滿酒杯。

席間，魯巴忍不住頻頻打量艾桑。儘管這位會長的外表與莫戈等人無異，魯巴總覺得他身上有一種說不出的異國氣質。然而基於禮貌，魯巴並未直接詢問他的家世，直到很久以後，才輾轉得知艾桑是腓尼基後裔。

「艾桑會長，」偃師首度開口，「我們今天參觀了聖殿，不得不說，真是一座令人驚嘆的建築。」柳兒立刻將這句話翻譯出來。

艾桑眼睛一亮，朗聲道：「偃師大師，雖然你不是吾道中人，但以你的智慧和修為，想必也看出一些門道吧？」

偃師緩緩點頭，一口氣道：「不敢當。我注意到聖殿中似乎隱藏一些精妙的機關，雖然一時之間看不明白，多少能感受其中的奧妙。」說罷，他不知不覺流露出嚮往的眼神。

艾桑露出讚賞的表情：「不愧是東方的機關大師，眼光果然獨到。你說得完全正確，聖殿中確實隱藏了許多秘密機關。」他頓了頓，換了一種帶有深意的口吻，「這不僅是為了保護聖殿，也是為了傳承我們的智慧。」

聽到這裡，魯巴忍不住插話：「能否請問會長，你們是如何將這麼多不同的技術融合在一起？今天雖說是浮光掠影，我已經看到埃及、巴比倫，甚至愛琴海的一些建築元素，覺得十分耐人尋味。」

艾桑帶著淡淡的笑容，難掩驕傲地說：「魯巴大師果然慧眼獨具，這正是我們匠人公會的特色。我們有如海納百川，將世界各地的建築智慧匯聚在一起，才得以創造出前所未有的傑作。」

柳兒以敬佩的口吻道：「聽起來，匠人公會不僅是個專業的組織，更像一個知識的搖籃。」

「沒錯！」艾桑以自豪的口吻道，「我們的自我期許，就是要不斷提升智慧和技藝。」

隨著談話越來越深入，魯巴和偃師越發感受到艾桑的博學多聞。無論是建築或機械，還是天文或數學，艾桑都有相當獨到的見解。三人很快就相談甚歡，如同多年老友一般。

「魯巴大師，偃師大師，」艾桑突然舉起酒杯，一本正經道，「我有一個不情之請。」

他的表情十分嚴肅，顯然打算說一件非常重要的事。

魯巴和偃師互望了一眼，鄭重其事地點了點頭。大廳的氣氛突然凝重起來，連柳兒也不由得坐直了身子。

艾桑深吸了一口氣，緩緩道：「我想正式邀請兩位加入聖殿工程團隊。以兩位大師的才智和能力，必定能為這項工程做出重大貢獻。」

聽到這句話，魯巴和偃師不免受寵若驚。魯巴首先做出回應，以謙虛卻難掩興奮的口吻道：「艾桑會長，這是我的榮幸。只不過，這座聖殿完工在即，而且已經近乎完美，我不知道還能如何錦上添花。」

緊接著，偃師也透過柳兒的翻譯委婉推辭：「我對建築並不瞭解，恐怕幫不上什麼忙。」說罷，他卻不自覺地在桌面上畫起線條，像是已經開始構思某種機關。

艾桑搖了搖頭，誠懇地勸道：「兩位大師不必自謙！魯巴兄，你在埃及的建築經驗，對我們而言是無價之寶。至於偃師兄，你的機關設計能力，正是我們渴求多年的。雖說聖殿即將完工，但兩位大師應該很清楚，越是接近終點，越會出現意想不到的困難。」

這番話讓魯巴和偃師陷入沉思，整個大廳頓時一片寂靜，只剩下燭火輕輕搖曳的聲音。不多久，魯巴抬起頭，正色道：「會長這麼有誠意，魯巴自當接受邀請，參與這項偉大的工程。」

偃師也隨即點頭，帶著幾分興奮道：「既然如此，我也願意貢獻一己之力。」

艾桑終於露出欣慰的笑容，朗聲道：「太好了！有了兩位共襄盛舉，聖殿一定能成為人類歷史上最偉大的建築！」他舉起酒杯，向魯巴和偃師致意。

三人將杯中美酒一飲而盡。微醺中，他們彷彿看到一座大功告成的聖殿，向世人展示頂尖匠人的智慧結晶。

## 5

其後兩個多月，魯巴和偃師全心全意投入聖殿的收尾工程。每一天，他們都感受到自己的才智在這座建築中得到充分的發揮。每當晨曦初露，他們已經來到工地，直到夜幕低垂，兩人才依依不捨回到客棧。

魯巴憑藉他在埃及積累的豐富經驗，提供了許多寶貴的建議，甚至解決了不少難題。信手舉個例子，內殿入口需要安裝一個巨大的金質門框，它不僅要能承受重達數噸的自身重量，還要撐起兩扇包覆著純金的大門。更重要的是，為了符合內殿的神聖，這門框必須一體鑄造，不能有任何接縫。

工匠們對這個難題束手無策。如此沉重的門框倘若安裝不當，不僅本身一定受損，還有可能危及整個建築的結構。

魯巴靈機一動，想起建造陵墓時遇到的類似問題，提出了一個巧妙的解決方案。

「各位，我們不妨利用沙子來解決這個問題。」魯巴侃侃道，「首先，在入口處挖一個比門框稍大的坑，用細沙填滿夯實。然後，將門框置於沙上，以人力牽拉的方式暫時固定。最後一步，則是慢慢從四周挖走沙子；隨著沙子的流失，門框會緩緩下沉，直到完全就定位。」

在工匠的嘆服聲中，魯巴又補充道：「這樣做有幾個好處。首先，沙子能均勻分散門框的重量，防止局部過度受力。其次，我們可以精確控制門框下沉的速度和位置，確保沒有出現歪斜。此外，一旦門框安置妥當，剩餘的沙子不難清理，不會留下任何施工的痕跡。」

工匠們立即付諸實施，果然絲毫不差地將金質門框安裝到位。後來，這個技巧還被運用到其他環節，大大提高了工程的效率和精準度。

至於偃師，雖然對建築一知半解，其機關設計能力卻發揮了重要作用。他的雙手靈巧得令人嘆為觀止，似乎能將生命賦予任何物件。例如他在加入後不久，便設計了一套適合在低矮空間搬運重物的裝置。工匠們驚喜地發現，原本需要七八個人才能移動的石塊，現在不到半數人力就能輕鬆搬運。

更令人意想不到的是，偃師還設計了一個神奇的機關，讓聖殿的大門能在特定時刻自動開啟或關閉。當他向艾桑展示這個發明時，這位巨匠流露出罕見的驚訝表情。

「偃師兄，」艾桑讚嘆道，「你的巧思真是令人嘆服。這樣的裝置，不僅能增加聖殿的神秘感，必要時還能起到保護作用。」

偃師笑道：「只是簡單的機關術罷了。比起聖殿的宏偉，這些雕蟲小技實在不值一提。」他雖然語氣謙遜，眼中卻閃著自豪的光芒。

一天天過去，艾桑對魯巴與偃師的欣賞越發明顯。他經常邀請兩人參加高層會議，討論施工過程的重要問題。在這些會議上，偃師通常保持沉默，魯巴卻總是提出一些高明的見解。

然而，對於這兩位客卿的貢獻，公會並非人人抱持正面的態度。有一天，柳兒在工地一角習練輕功，正準備從一根橫樑躍下，卻無意間聽見兩位大匠級的工匠在非議魯巴。

「你看那個埃及人，」其中一人酸溜溜地說，「來了沒多久，就讓艾桑會長另眼相看。」另一人附和道：「是啊，我們的表現也不差，會長卻沒有正眼看過我們。」語氣中帶著明顯的憤懣。

聽到這些話，柳兒心裡很不舒服。她在橫樑上掛了許久，直到兩位大匠走遠了，她才輕輕躍下，悄悄離開工地。當天晚上，她便將這段經過一五一十告訴了偃師。

次日，偃師將此事如實轉告魯巴，並語重心長勸道：「在這種複雜環境中，勾心鬥角在所難免。奉勸魯巴兄最好低調些，以免太引人注目。」此時偃師已經粗通阿卡德語，跟魯巴做簡單交談不成問題。

沒想到，魯巴竟豪氣地答道：「偃師老弟，我覺得你多慮了。等到聖殿建成，我便會飄然遠去，何必在意這些閒言碎語？」

偃師搖了搖頭，嘆道：「魯巴兄，你什麼都好，就是有點心高氣傲。」語氣中有一絲無奈，卻也透著幾分欽佩。

魯巴哈哈大笑，刻意轉移話題：「好了，不說這些了，我們來討論今天的工程吧。」

就這樣，兩個月的時間轉眼即逝。在魯巴和偃師的協助下，聖殿的收尾工程進展神速。眼看聖殿主體即將竣工，艾桑決定舉行一個盛大的儀式，慶祝這個重要的時刻。

## 6

耶路撒冷剛剛破曉，聖殿工地已經熙熙攘攘。今天，是至聖所舉行封頂大典的日子，現場瀰漫著一種緊張而興奮的氛圍。

艾桑站在高台上，目光掃過一個個忙碌的工匠，最後停留在魯巴和偃師身上。這兩位來自遠方的智者，果然在短時間內便為聖殿工程做出巨大貢獻。想到這裡，他不自覺流露出欣慰的神情。

「準備好了嗎，各位？」艾桑的聲音響徹工地，「好，開始吧！」他表情嚴肅，彷彿即將見證一個歷史事件。

隨著艾桑一聲令下，工匠們開始操作複雜的滑輪系統，將第一塊石板緩緩吊起。滑輪的轉動聲和匠人的吆喝聲交織，形成了一曲獨特的交響樂。

魯巴站在一旁，緊張地注視著整個過程。這套滑輪是他和偃師聯合設計的，理論上，吊起這些巨大的石板絕不成問題，但他還是不知不覺冒出一身冷汗。偃師和柳兒則站在另一邊，正在仔細監看，以防出現任何差錯。

石板緩緩上升，在陽光照耀下熠熠生輝。工匠們小心翼翼操作，生怕出現絲毫偏差。當石板即將到達定位時，艾桑臉上露出欣慰的笑容，魯巴也終於鬆了一口氣。

不料就在這時，意外發生了！

先是一下刺耳的嘎吱聲，接著便傳來金屬斷裂的聲音。偃師頓時臉色大變，大喊道：「小心！我這邊的滑輪壞了！」

柳兒還來不及翻譯，巨大的石板已經開始傾斜，眼看就要墜落地面。眾人驚慌失措，四散奔逃，驚恐的叫喊聲和混亂的腳步聲此起彼落。

「會長，快躲開！」魯巴高聲喊道。

沒想到，艾桑卻站在高台上一動不動！眼前這一幕太不可思議，令他無法相信在此關鍵時刻，竟然會出現如此嚴重的失誤。

千鈞一髮之際，柳兒迅速飛上高台，抱著艾桑跳了下去。就在兩人滾到安全地帶的瞬間，石板「轟」地一聲砸到地上，立時碎石四濺，灰塵漫天，整個工地陷入一片混亂。

塵埃落定後，工地一片狼藉。所幸偃師及時出聲警告，工匠們都沒什麼大礙。不過，艾桑卻是唯一的例外，他不幸被飛濺的碎片擊中，倒在地上無法動彈。只見他鮮血直流，呼吸急促，顯然傷勢不輕。

「快！快叫醫者！」一旁的柳兒高聲喊道。

傴師第一時間趕了過來，迅速查看艾桑的傷勢。「傷口很深，」他面色凝重道，「必須立即進行正式治療。」他趕緊吩咐柳兒，用手按在艾桑的傷口上，為他緊急止血。

與此同時，魯巴仔細檢查了斷裂的滑輪，發現斷口處有不尋常的痕跡。「傴師，」魯巴低聲說，「你來看看這個。」

傴師湊過去，仔細觀察了一下斷口。「這……這不像是正常受力造成的，」他驚訝地說，「看來像是遭到了人為破壞！」他開始思考背後可能隱藏的陰謀。

「你也同意是有人蓄意破壞？」魯巴臉色凝重，「可是為什麼呢？有誰會做這種事？」

傴師搖了搖頭，聲音低沉而堅定：「我不知道。可是這件事絕不簡單，我們必須保持警惕。」他已經意識到事態的嚴重性。

他環顧四周，像是在尋找可疑的人物。

這時醫者趕到了，艾桑立刻被抬上擔架，送往急救帳篷。魯巴和傴師緊隨其後，心中充滿擔憂和疑惑。

經過緊急治療，艾桑雖然仍舊昏迷不醒，幸好暫時沒有生命危險。帳篷內氣氛凝重，魯巴和傴師守在床前，兩人都憂心忡忡，眉頭不展。

不知過了多久，艾桑突然微微睜開眼睛。

「魯……魯巴……」艾桑顯得很虛弱，「我……我有話要對你說……」他的聲音細不可聞，眼神卻異常堅定。

魯巴立即湊近艾桑，輕聲道：「會長，我在這裡，您有什麼話，儘管說吧。」

艾桑的語氣十分堅決：「讓……讓其他人先出去……」他心中似乎有什麼秘密，只能對魯巴一人透露。

魯巴看了偃師一眼，偃師立即會意，便帶著柳兒和其他人一起離開了。

當帳篷裡只剩下他們兩人，魯巴屏住了呼吸，靜待艾桑揭露心中的秘密。

# 7

「魯巴，」艾桑吃力地開口，「你可能認為，我要將匠人公會的會長之位傳給你……」他的聲音雖然微弱，幸好咬字還算清楚。

聽到這句話，魯巴立時心中一凜。他確實做過這樣的猜想，此刻卻不知該如何回應。他只覺得自己心跳加速，手心微微冒汗。

然而，接下來的幾句話，卻讓魯巴大吃一驚。「不過，」艾桑繼續道，「我要告訴你的，還不只這件事。」

魯巴屏息靜氣，耐心等待艾桑的下文。帳篷外，匠人們又開始忙碌起來，但在這個小小的空間中，一切好似都靜止了。

「聽好，魯巴，」艾桑的聲音有氣無力，「我有三件事要跟你說。首先，我已留下遺囑，要將會長之位傳給你。」

雖然心裡早已有底，魯巴還是有點不知所措。「會長，我……」他的聲音有些顫抖，顯然沒有準備好接受這樣的重託。

艾桑勉強打起精神，一口氣道：「聽著，魯巴，我不會看錯的，你是最合適的人選。你有智慧、有能力，更重要的是，你有一顆善良的心。匠人公會需要你的領導！」他流露出欣慰的表情，彷彿看到了公會的美好未來。

魯巴深深吸了一口氣，然後慎重答道：「我明白了，會長。」他仍顯得有些遲疑，「不過，此事最好從長計議。」

「也好，反正要經過十位宗匠的正式認定。」然後，艾桑的聲音轉趨嚴肅，「第二件事，其實才是最重要的，我要提醒你，留意公會內部的叛徒。」

「叛徒？」魯巴感到一股寒意從脊背往上竄。

「是的，叛徒。」艾桑的口吻變得更加嚴肅，「這次的意外，很可能就是他們策劃的。他們想要控制匠人公會，利用公會的知識和技術謀取私利。你必須有所警惕，魯巴，那十位宗匠，並不是個個都值得信任。」

魯巴回想起在現場發現的蛛絲馬跡，立刻同意艾桑的判斷，卻忍住了沒有打岔。

「最後一件事，」艾桑顯得越來越虛弱，「是關於所羅門王……」他突然有些猶豫，好像在提防什麼。

魯巴靠得更近了些，以免錯過任何一個字。可是，除了微弱的呼吸聲，他什麼也沒聽到。

「所羅門王……」良久，艾桑終於再度開口，「也不可盡信。他覬覦匠人公會的潛在力量，這是其一。其二……」他的聲音越來越小，好似每說一個字都要耗盡全身的氣力。

魯巴趁這個空檔，插嘴問道：「莫非……所羅門王知道匠人公會的存在？」在此之前，他完全沒有想到這個可能性。

艾桑吃力地擠出一抹苦笑：「這位國王實在太聰明，什麼事都瞞不了他。我自認將巨匠身份隱藏得天衣無縫，不料……不料聖殿開工後，他就召見我，跟我攤牌了。」說到這裡，艾桑突然拚命咳嗽。魯巴連忙扶他坐起來，給他倒了一杯水。

「會長，您別著急，慢慢說。」魯巴按捺住焦急和憂慮，盡可能平心靜氣地安慰艾桑。艾桑喝了半口水，咳嗽稍微舒緩了些。但是，當他想繼續說下去，卻似乎力不從心。「總之，魯巴，記住我的話……小心所羅門王……還有……」他的聲音逐漸消失，最後化成一聲喘息。

「會長?會長!」魯巴驚慌地大喊，卻一直得不到回應。他連忙探了探艾桑的鼻息，雖然艾桑還有呼吸，但恐怕短時間內醒不過來了。

帳篷裡陷入一片死寂。魯巴怔怔地站在那裡，心中充斥著悲傷和困惑。艾桑的最後一句話是什麼？他究竟還想說什麼呢？魯巴滿腹疑問，偏偏找不到任何答案。

窗外，陽光燦爛依舊，但此時此刻，魯巴卻感到前所未有的昏暗和迷茫。他知道，自己肩上的擔子從此無比沉重。他不僅要完成聖殿工程，還要揭開匠人公會內部的陰謀，甚至要力抗所羅門王這樣的對手。

## 8

重傷的艾桑果然沒有再醒過來，拖了十餘天，終於嚥下最後一口氣。在這段時間裡，魯巴日夜守在艾桑床前，希望能再聽到會長的隻字片語，但這個心願終究未能實現。

在艾桑的葬禮上，他的遺囑正式公布，指定魯巴擔任下一任會長。這個消息在公會裡引起不小的迴蕩，有人歡欣鼓舞，卻也有人私下不滿。

當魯巴重返工地的時候，感到投向自己的目光相當複雜，其中有欽佩，有嫉妒，也有懷疑和敵意。偃師悄悄來到他身邊，低聲道：「我和柳兒聽到一些風聲，公會內部正暗潮洶湧。」

魯巴微微點頭，他早就料到會有這樣的反應。「是啊，畢竟在大多匠人心中，我只是一個外人，艾桑的決定必然會引起爭議。」他的聲音低沉而平靜。

這時，一位身材高大的中年男子出現在工地，踏著沉穩的步伐朝他倆走來。魯巴一眼就認出，他是十位宗匠之一的亞伯蘭。

「魯巴大師，」亞伯蘭的態度頗為恭敬，「十宗會，也就是匠人公會的最高權力機構，稍後將召開臨時會議，討論艾桑會長的接班遺囑。等到結果出爐，我會立刻通知你，請你留在工地等候。」這位宗匠的語氣帶有不易察覺的冷漠，但魯巴還是聽了出來。

約莫半天後，亞伯蘭宗匠又親自來到工地。「魯巴大師，十宗會已經做出決定，請跟我來。」他臉上並未流露任何情緒，讓人猜不透會議的結果。

偃師目送著兩人的背影，突然冒出一個飄忽的想法，但只是一閃即逝，他也就沒有放在心上。

魯巴跟隨亞伯蘭走過幾條街，來到一個普通的商家，兩人一路往裡走，經過幾個小房間，才進了一間頗為寬敞的會議廳。廳內陳設簡單，但氣氛十分莊重。魯巴注意到牆上懸掛許多畫像，想必是匠人公會歷代的會長。

另外九位宗匠坐在各自的座位上，目光不約而同投向剛進門的魯巴。坐在首位的是擔任主席的阿薩斯宗匠，他站起身來，鄭重其事宣布：「經過慎重的考慮，以及充分的討論，十宗會最後以六比四的表決結果，認可了艾桑會長的遺囑，同意推舉魯巴為巨匠，接任會長之位。」他的聲音平靜，眼神卻有點飄忽。

眾宗匠的反應不一而足，有人面露微笑，有人皺起眉頭，還有兩位宗匠在竊竊私語。

魯巴深吸一口氣，站在十位宗匠面前，緩緩開口道：「本人非常感謝艾桑會長的信任，以及諸位宗匠的支持。但是……」他停頓了好一會兒，「但是很抱歉，我必須婉辭這個職位。」

會議廳裡頓時一片譁然！宗匠們紛紛露出驚訝的眼神，有人甚至站了起來。

「魯巴，你這是什麼意思？」一位名叫尼布涅夫的老宗匠吼道。

魯巴用十分誠懇的口吻，心平氣和地解釋：「我深知自己的客卿身份，而且，我對公會的瞭解僅止於浮面。匠人公會目前亟需的領導者，是一個比我更有經驗、更瞭解內部情況的自己人。」

「但……這是艾桑會長的遺願啊！」另一位宗匠塞特內赫特說，聽他的口氣，似乎真心希望魯巴能夠接任。

魯巴點了點頭，繼續闡述自己的理由：「我也希望能尊重艾桑會長的遺願，可是我又堅信，要擔任會長，最基本的條件是得到絕大多數宗匠的支持。今天這個表決結果，說明還有四位宗匠對我心存疑慮，這對公會的團結相當不利。」

這番言詞懇切的表白，讓宗匠們不得不重新考量目前的情況，但由於茲事體大，現場暫時一片沉默。

「那麼，」資深的尼布涅夫宗匠再度開口，「魯巴，如果你不擔任會長，接下來有什麼打算？」

「我打算離開耶路撒冷。」這個回答讓所有的宗匠又大吃一驚。

「離開耶路撒冷？」亞伯蘭宗匠驚呼，「魯巴大師，你怎能這樣一走了之？」聽他的口氣，顯然萬萬沒料到魯巴會做這樣的決定。

魯巴搖了搖頭，露出一抹無奈的笑容。「我認為，這才是最好的選擇。倘若我留下來，繼續參與工程，不論是否以會長的身份，都將激起公會內部的矛盾。而且，」他頓了一下，「經歷了這番波折，我也需要些時間來沉澱。」

會場再次興起一陣熱烈的議論。有人表示理解，有人極力挽留，當然也有人默不作聲。直到擔任主席的阿薩斯舉手示意，大家才逐漸安靜下來。「魯巴大師，」阿薩斯道，「雖然我們感到很遺憾，但願意尊重你的選擇。不過請你記住，匠人公會的大門永遠為你敞開。」他說得真誠無比，令魯巴不禁動容。

魯巴伸手抹了抹臉，整理了一下心情，然後深深一鞠躬。「感謝各位宗匠的理解和諒解，我永遠不會忘記在這裡學到的一切。」說罷便告辭離去。

當天晚上，魯巴正在收拾行裝，偃師和柳兒來到他的房間，臉上帶著明顯的不捨。

「你真的決定要走了？」柳兒問。

魯巴以堅定的口吻道：「是的，我心意已決。我需要一些時間來整理思緒，而且，」他露出一個無可奈何的表情，「我總覺得，這裡的局勢比我們想像中複雜得多，絕不是外人能擺平的。」

偃師嘆了一口氣：「這點我們明白。無論你去哪裡，記得務必小心，這場風暴恐怕不會因為你的離去而結束。」

魯巴感激地望著這兩位好友，以充滿真誠的口吻道：「謝謝你們的關心，我們後會有期。」

次日清晨，魯巴剛走出客房，便看到客棧大廳端坐著一位衣著華麗的官員。

官員見到魯巴，立即行了一個大禮，恭恭敬敬道：「魯巴大師，所羅門王希望見您一面，並邀請您的朋友同往。」

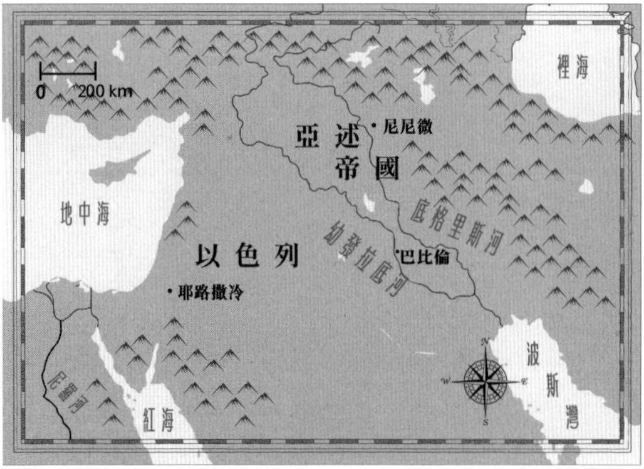

裡海
0
200 km
尼尼微
亞述
帝國
地中海
底格里斯河
幼發拉底河
以色列
巴比倫
耶路撒冷
波斯灣
尼羅河
紅海
N
W
E
S


近東地區

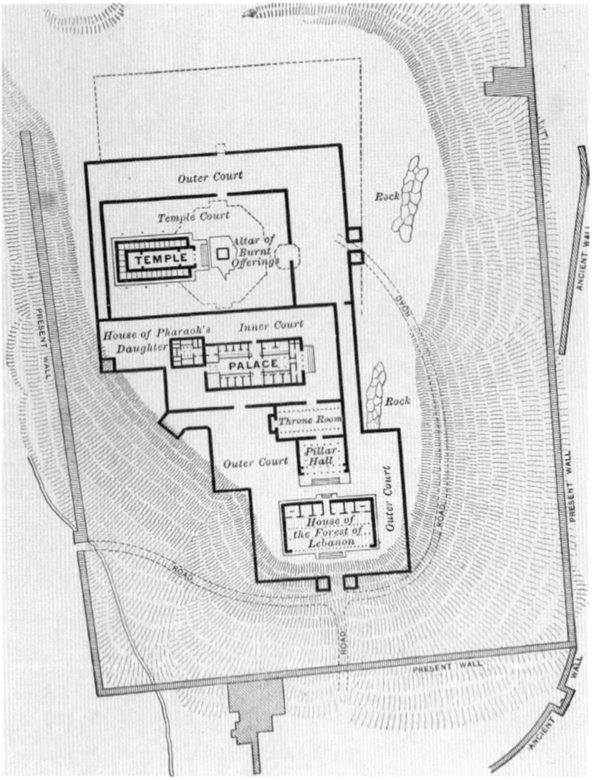

Outer Court
Temple Court
TEMPLE
Altar of Burnt Offerings
Rock
ROAD
ANCIENT WALL
PRESENT WALL
House of Pharaoh's Daughter
Inner Court
PALACE
Rock
Throne Room
Pillar Hall
Outer Court
Outer Court
House of the Forest of Lebanon
ROAD
PRESENT WALL
ROAD
ROAD
PRESENT WALL
ANCIENT WALL
ANCIENT WALL


耶路撒冷古城

# 第八章

# 智慧化身

# 1

在溫暖的晨曦中，魯巴、偃師和柳兒隨著所羅門王的使者，踏上了通往王宮的石板路。兩旁高大的香柏樹筆直挺立，散發出植物的清香，再混合遠處市集傳來的香料氣息，讓人精神為之一振。

魯巴回想起艾桑生前的警告，心中難免有些忐忑，但他竭力避免形諸於色。偃師則是一臉輕鬆，夾雜著幾分興奮的情緒。柳兒看似平靜，其實隨時準備應對突發狀況。

等到踏入王宮大門，三人終於有機會就近欣賞這座建築。王宮由無數巨大的石塊砌成，每一塊都經過精心打磨。宮牆上鑲嵌著來自異邦的珍貴寶石，一顆顆在陽光下閃耀奪目的光芒，彷彿在炫耀所羅門王的驚人財富。

柳兒輕聲對魯巴說：「這座宮殿的工藝水準，恐怕連貴國都望塵莫及吧？」魯巴只是聳了聳肩，既沒有點頭，也沒有搖頭。

穿過幾間金碧輝煌的大廳後，他們終於來到王座廳。十二頭金獅子分列在六級台階兩側，威風凜凜地守護著王座。偃師忍不住多看幾眼，察覺到那些金獅似乎不僅是裝飾，很可能還暗藏機關。

王座由上等的象牙製成，外面包裹純金。所羅門王端坐在這張舉世無雙的寶座上，身穿紫袍，頭戴金冠，手持權杖，整個人散發出一種超凡脫俗的氣質。儘管已年近四十，他依然英俊非凡，濃密的鬍鬚為他增添幾分成熟的魅力。然而，最引人注目的是那雙眼睛，深邃而明亮，似乎能看透一切迷障。

魯巴雖然見多識廣，偃師和柳兒也不遑多讓，三人卻不約而同在內心發出一聲讚嘆。果然名不虛傳，名震天下的智慧之王就該是這般尊容！

「三位尊貴的客人，歡迎來到聖城耶路撒冷。」所羅門王率先開口，聲音洪亮而親切。這句話當然是用希伯來語說的，一旁的翻譯官立即轉譯成魯巴等人熟悉的語言。

魯巴躬身行了一個大禮，壓抑住內心的澎湃，用埃及語緩緩說道：「萬分感謝陛下的召見。在下魯巴，來自埃及；這兩位是我的朋友，偃師和柳兒，他們來自遙遠的東方。」

所羅門王微微一笑，目光在三人身上梭巡。「魯巴大師，我早就聽說你在埃及的豐功偉績。能否告訴我，你在改建阿蒙神廟的過程中，如何巧妙地解決巨石的運輸難題？」這段話立時被翻譯成埃及語。

這個單刀直入的問題讓魯巴頗感意外，但他很快平復了情緒，流暢地答道：「回稟陛下，我們使用了一種特殊的木製滑槽系統。只要精確計算坡度和摩擦力，便能用最小的人力移動那些巨石。」他一面回答一面尋思，國王為何對這種技術細節感興趣？

正當翻譯官又準備開口，所羅門王做了一個手勢，隨即帶著笑容，直接回應道：「有意思！看來埃及人的智慧不亞於我們。」魯巴這才知道，所羅門王居然也懂埃及語，雖然說得不算流利，但已經很不錯了。這讓魯巴更加警惕，這位國王的才智恐怕遠超過自己的想像。

然後，所羅門王又用希伯來語說：「三位尊貴的遠客，你們的到來讓我倍感欣慰。請與我共進早餐，我們邊吃邊聊。」

三人不禁感到受寵若驚，在此之前，誰也沒想到會有這樣的禮遇。然而，他們心中的疑惑卻也有增無減。

## 2

陽光穿過精緻的彩繪玻璃窗，灑落到金銀餐具上，折射出萬千光芒。國王和賓客依序入座，侍從立即奉上豐盛的早餐，包括新鮮的無花果、石榴、蜂蜜、羊奶，以及剛出爐的麵包。

三位客人小心翼翼地品嚐這些美食，生怕觸犯了王室用餐的規矩。所羅門王似乎察覺到他們的拘謹，臉上露出淡淡的笑容，卻也沒有率先開口。

四人就這麼默默用餐，過了好一陣子，才由所羅門王打破沉默。「我聽說了艾桑會長的遭遇，感到萬分遺憾。」國王神情莊重地望著魯巴，「這位會長不僅是卓越的建築師，更是一位睿智的領袖。匠人公會在他領導下，開拓了前所未有的新局。他的離世，是難以彌補的巨大損失。」

魯巴心中一凜，暗想：艾桑會長說得果然沒錯，所羅門王早已知悉匠人公會的存在。或許，他還知道更多關於公會的內情？

想到這裡，魯巴放下手中的銀質刀叉，深吸一口氣，努力控制自己的情緒。「陛下說得極是，艾桑會長的離世，的確是匠人公會無比的損失。但他的智慧和遠見，將永遠留在匠人心中。」經過一番深思熟慮，魯巴決定明人面前不說暗話。

所羅門王輕嘆一聲，繼續道：「我還聽說，艾桑會長有遺命，希望魯巴大師接任會長，你卻堅決不肯接受？」

由於魯巴已恢復鎮定，這句話並未帶來更大的震撼。「艾桑會長的遺願確實如此，但我實質上是個外人，這個決定在公會內部引起一些爭議。」他平心靜氣地答道，像是在談論別人的事。

「哦？」所羅門王挑了挑眉，示意魯巴繼續說下去。

魯巴露出堅定的眼神，一口氣道：「為了平息爭議，我已經正式向十宗會請辭。而我自己，也即將離開耶路撒冷。」

所羅門王緩緩撫著鬍鬚，沉思了良久。「魯巴大師，你不僅是一流的建築師，更是一位懂得權衡利弊的領導者。我尊重你的決定，這頓早餐，就當作給你餞行吧。」

聽到這句話，魯巴不禁有些羞愧。「感謝陛下，其實我這麼做，正是為了確保聖殿能夠順利完工。」然後，他話鋒一轉，「今天既然有幸見到陛下，我想趁機彙報最後階段的施工計畫。」

所羅門王眼睛一亮：「太好了，我洗耳恭聽。」說罷，還刻意調整了一下坐姿。

魯巴清了清喉嚨，便開始進行彙報：「目前，聖殿的主體結構已全部完成。最後一項挑戰，是將兩根巨大的銅柱立在外殿門口。」

所羅門王微微點頭，並未答話，只是靜靜地聽著。

「每根銅柱高二十三肘，周長十二肘，」魯巴繼續道，「我們計畫使用一種特殊的滑輪和槓桿系統，將這兩根半實心銅柱依序豎立起來。其中牽涉到許多精確的計算和協調，稍有不慎就可能造成災難性的後果。」聽他的口氣，顯然不敢低估這項工程的難度。

「確實是個艱巨的任務，你們有把握順利完成嗎？」認真聽完後，所羅門王帶著些許質疑發問。

魯巴萬分堅定地答道：「我們已經進行過許多次模擬和演練。雖然風險依然存在，但我堅決相信，憑藉公會的技術和團隊的默契，一定能克服這個挑戰。」他聲音中充滿自信，好似已經胸有成竹。

「即使沒有你親自監督，也行嗎？」國王立刻追問。

「回陛下，匠人公會人才濟濟，任何一位宗匠，都能擔任監工的重責大任。」魯巴的回答沒有半分遲疑。

「很好，我期待看到完美的成果。」

見到國王露出滿意的笑容，魯巴連忙起身行禮，結束了簡短的彙報。

所羅門王帶著幾分感慨道：「不知為什麼，魯巴，你讓我想起了先王大衛。雖然生前沒有機會建造聖殿，但他為這個偉大的工程奠定了基礎。你們如今的所作所為，等於是完成他的遺願。」

魯巴突然心頭一熱，慨然道：「能為聖城建造聖殿，是吾輩匠人的榮幸。」他的口吻無比真誠，「即使我提前離去，其餘匠人也一定會盡心盡力，將它打造成世間最壯麗的建築。」

所羅門王笑了笑，朗聲道：「我相信你們一定做得到，現在，讓我們繼續享用這頓豐盛的早餐。畢竟，偉大的工程需要充足的體力當後盾。」

餐廳內頓時響起輕鬆的笑聲，然而笑聲結束後，魯巴卻無法放鬆心情享用美食。所羅門王那雙深不可測的目光，讓他感到了一股無形的壓力。

## 3

陽光漸盛，為餐桌鍍上一層溫暖的色彩。侍從們悄無聲息地撤走了餐具，換上香氣四溢的薄荷茶。茶香瀰漫，為整個空間增添了幾分清新。

所羅門王啜了一口茶，目光掃過三位賓客，最後仍聚焦在魯巴身上，令他覺得有點坐立不安。

「魯巴大師，」國王總算開口，「我一直對匠人公會很感興趣。聽說這個組織歷史悠久，成員遍布世界各地，是嗎？」

魯巴耳畔立刻響起艾桑的警告，他在心中慎重斟酌了措詞，然後穩紮穩打道：「回陛下，匠人公會確實擁有悠久的歷史，以及眾多的會員。長久以來，成員們致力於發展並傳承建築技藝，為各地的偉大工程貢獻自己的力量。」

所羅門王微微點頭，又問：「那麼，公會的具體規模如何？除了耶路撒冷，還在哪些地方有秘密會所？」

魯巴明顯感受到國王在步步進逼，但他早已打定主意，不會輕易透露公會的秘密。「回陛下，」魯巴委婉地答道，「公會的確在許多地方都有據點，但我畢竟是外人，僅略有所聞，並不瞭解詳情。」他的聲音依舊平靜，手心卻已經開始冒汗。

所羅門王嘴角微微上揚，目光停留在魯巴臉上，輕描淡寫般說了一句：「是的，我能理解。」

魯巴正準備鬆一口氣，不料國王接著又問：「我還聽說匠人公會在某些地區頗具影響力，這是真的嗎？」

這時，魯巴體會到自己好似踏在薄冰上，必須打起十二萬分精神。萬一不小心講錯一個字，都可能引發意想不到的後果。「陛下明察秋毫，公會成員經常參與重大的工程，因此在某些地區，確實可能有些影響力。」接下來，他稍微加強了語氣，「不過據我所知，凡是匠人公會的成員，都不會主動接觸政治，更不會追求權力。自成立以來，公會始終以服務為唯一的宗旨。」

「服務，多麼高尚的理念。」所羅門王若有所感地撫摸著鬍鬚，「不過，魯巴大師，你有沒有想過，其實技術就是一種力量？掌握關鍵技術的人，往往能左右一個國家的興衰。」國王顯然是話裡有話，暗示自己對匠人公會有所忌憚。

魯巴努力保持鎮定，謹慎地答道：「陛下說得極是，技術確是一種力量，但力量的運用存乎一心。匠人公會一直謹守本分，將技術用於造福人類，而非謀取私利。」

所羅門王立時露出讚賞的神色。「說得好，運用存乎一心！就像統治一個國家，過於寬鬆會導致混亂，過於嚴厲又會招致反抗。唯有找到平衡點，才是真正的智慧。」

聽到這樣的回應，魯巴暫時鬆了一口氣。「陛下的洞見令人敬佩，」他真誠地說，「這也正是匠人公會長久以來的信念。我們追求的是技藝與道德的平衡，以確保我們的力量永遠用於正途。」

所羅門王滿意地點了點頭：「我很高興聽到你這麼說。」

雖然危機暫時解除了，空氣中仍瀰漫一股無形的張力。魯巴非常清楚，所羅門王的真正意圖恐怕尚未顯露；這場看似平常的早餐會談，正逐漸演變成一場智慧博弈。

# 4

眼看國王又要開口，魯巴靈機一動，將話題巧妙引向兩位同伴，希望能緩解一下緊張的氛圍。「啟稟陛下，」他恭敬地說，「我的兩位朋友來自遙遠而神秘的東方，他們的見聞或許會讓陛下更感興趣。」

這句話果然奏效，所羅門王立刻將目光轉向偃師和柳兒——兩人一直安靜地坐在一旁，現在突然成為焦點，顯得有些不自在。

「兩位東方朋友，說說你們來自何處。」國王道。

柳兒微微一笑，故意用希伯來語答道：「尊貴的所羅門王，我們來自東方的大國——周朝。」她的聲音清脆悅耳，但更重要的是，她說起希伯來語毫無異邦口音。

所羅門王不禁揚了揚眉：「你的希伯來語說得如此流利，如同土生土長的本地人。」

柳兒淺淺一笑：「謝謝陛下的誇獎。」

「那麼，你認識希伯來文嗎？」所羅門王追問。

「回陛下，希伯來文字，小女子這兩個月也學了不少。」柳兒答道。

「很好，你知道『耶路撒冷』是什麼意思嗎？」國王有意考考她。

柳兒僅僅思考片刻：「和平的城市，對嗎？」

所羅門王又揚了揚眉，然後意味深長地輕嘆一聲：「是啊，和平的城市！對了，不知你還會說哪些語言？」

柳兒不假思索地答道：「這一路上，我學會了波斯語、埃及語、阿卡德語、腓尼基語、西臺語，還有許許多多的方言。」說罷，她俏皮地吐了吐舌頭，似乎自覺太不謙虛了。

所羅門王聽得目瞪口呆，隨即哈哈大笑：「真是太有趣了！來，讓我們玩個遊戲。」國王眼中閃爍興奮的光芒，像是小孩發現一個新奇的玩具。

「樂意之至，陛下。」柳兒也顯得躍躍欲試。

所羅門王隨即吩咐侍從，盡速召來幾位外國使者。不多久，三位裝扮各異的外交官便出現在國王面前，三人不約而同一個勁兒打量偃師，對柳兒更是投以疑惑的目光。

所羅門王以挑戰的口吻對柳兒說：「這三位使者分別來自埃及、西臺和腓尼基，你能試著與他們交談嗎？」

於是，柳兒先用流利的埃及語，與埃及使者談論尼羅河的定期氾濫和金字塔的發展史。接著，她又用西臺語和腓尼基語與另外兩位使者對答如流。三位使者都驚訝地發現，這位東方姑娘說起他們的母語，和他們自己幾乎沒有兩樣。

所羅門王萬分訝異，高聲道：「真是不可思議！你是如何做到的？」

柳兒實事求是地答道：「回稟陛下，小女子只是善於觀察和模仿。每種語言都有獨特的結構和韻律，掌握了這些，學習起來就不怎麼困難了。」

所羅門王不禁連連點頭：「你的天賦確實非同凡響！」

柳兒仍用希伯來語答道：「謝謝陛下誇獎，我也很高興擁有這個天賦，讓我能扮演一個稱職的助手。」說罷，她刻意瞟了偃師一眼。

所羅門王立時會意，轉向始終未發一語的偃師，問道：「這位東方智者，你的專長又是什麼？」語氣中透出真誠的期待。

偃師通過柳兒的翻譯，向所羅門王簡單自我介紹：「尊貴的陛下，我是吐火羅人，來自中土的吐魯番。我的專長是機關術，此外也粗通醫理。」

「機關術？意思是……你能製作各種精巧的機械裝置？」國王顯得很感興趣。

偃師恭敬地給了肯定的答覆，所羅門王追問：「能否當場展示一下？」

偃師隨即從懷中取出一個小木盒，裡面是一隻栩栩如生的小鳥。他輕輕撥動木盒上的機關，小鳥便活了過來，開始拍打翅膀，並發出悅耳的鳴叫，只差沒有振翅高飛。

所羅門王讚嘆道：「太神奇了！看起來跟活物一模一樣。」

偃師以謙遜的口吻答道：「這只是小玩意兒，用我們家鄉話來說，就是雕蟲小技而已。其實，真正的機關術用途廣泛，可用於建築、農業，甚至軍事。」

所羅門王忽然露出一個古怪的表情。「如果我要你製作一個永動機，你做得出來嗎？」

這個問題讓柳兒倒吸了一口涼氣。製作永動機？有此可能嗎？但她還是將這句話照實翻譯出來。

偃師沉思了片刻，隨即鄭重答道：「陛下，永動機是個極具挑戰性的課題。或許，我們需要先思考一下，天地之間，可有什麼源源不絕的動力？」他不著痕跡地把問題拋了回去。

所羅門王聽完翻譯，立時大笑了幾聲。「好一個巧妙的回答！你不僅沒有否定我的問題，還提出富有創意的思路。」國王突然兩眼射出精光，「比如說，風力？或者……潮汐？算不算源源不絕的動力？」

這兩個答案讓偃師佩服得五體投地，暗想這位國王的智慧果然名不虛傳。

談完了機關術的話題，所羅門王又轉向柳兒。「我一直對遙遠而神秘的東方很感興趣。剛才你提到來自周朝，能否多說些關於貴國的事？」

柳兒嫣然一笑，爽快地答道：「當然可以，陛下，這是我的榮幸。周朝是一個強大的王國，當今的君主——穆王——同樣以智慧和遠見聞名。我國擁有豐富的文化和發達的技術，青銅器尤其獨樹一幟。」她的描述生動而詳實，讓人彷彿親眼見到一個繁榮昌盛的遠方國度。

所羅門王聽得入神，良久才道：「真是令人悠然神往！我多麼希望有朝一日，能與尊貴的穆王直接交流。或許，你們可以幫我傳達這個意願？」國王語氣誠懇，絕非外交辭令，似乎真的在考慮與遙遠的周朝建立邦誼。

柳兒恭敬地答道：「陛下請放心，我們一定盡力。我相信，穆王會十分高興，也會十分樂意。」

然後，所羅門王忽然陷入沉思，三位客人也禮貌地保持沉默。等到這位智慧之王再度開口，又轉換到了另一個話題：「或許你們不知道，最近這些年，我下了許多功夫研究神秘學。」國王望了望偃師和柳兒，似乎要揭示什麼秘密，「所以，對於你們兩位的前朝，我反倒略知一二。」

柳兒心直口快追問：「真的？陛下對商朝有所瞭解？」她萬萬沒想到所羅門王擁有這方面的知識。

「呵呵，算不上全盤瞭解，但是對於商朝人的占卜之術，我倒是略有研究。對了，我的書房中，還收藏不少甲骨呢！」

這幾句話讓魯巴等人震驚不已，他們怎麼也想不到，所羅門王居然對東方文明有如此深入的認識。三人也因此更加不安，不知這位國王究竟還掌握了多少秘密，召見他們的真正目的又是什麼？

## 5

這頓豐盛的早餐終於接近尾聲，不過所羅門王並沒有送客的意思。他的目光輪流掃過三位賓客，如此幾輪之後，又停到了魯巴身上。

「魯巴大師，」國王緩緩開口，帶著一絲不易察覺的嘆息，「我想再跟你談談公會會長這件事。」

魯巴心中打了一個突，他剛才做了許多猜想，就是沒想到國王會舊調重彈。雖然感到一陣不安，他仍盡力保持鎮定，恭恭敬敬答道：「陛下，請容我再次強調，我自認不適合擔任這麼重要的職位。匠人公會現在需要一位比我更有人望、更瞭解內部運作的領袖。」

所羅門王一面搖頭，一面反駁：「不，魯巴，你過度謙虛了。艾桑會長之所以選擇你，必定有他的道理。我相信，你完全有能力勝任會長一職。」語氣中帶著三分責備，以及七分的期待。

魯巴感到相當驚訝，想不到所羅門王如此看重自己。但他很快就提高警覺，懷疑這可能是一種試探，於是慎重答道：「陛下過獎了。我確實從艾桑會長那兒獲益良多，但距離接班還遠遠不足，現在的我亟需繼續學習和積累經驗。」

所羅門王眉頭深鎖，顯然無法苟同魯巴的回答。這時，好久沒開口的柳兒突然插話：「陛下，魯巴大師一向有話直說，我相信他並非刻意謙虛，而是真的需要一些時間。」一旁的偃師頻頻點頭，顯然他倆已悄悄溝通過，再由柳兒代表說出這番話。

所羅門王似乎察覺到這份默契，只是淡淡一笑，並未做任何回應。偃師和柳兒不禁捏了一把冷汗，生怕這位國王會惱羞成怒。

沒想到，國王只是長嘆一聲，然後語重心長道：「算了，人各有志。魯巴大師，我不會再勉強你了。」

魯巴正準備起身道謝，所羅門王卻做了一個「且慢」的手勢。「來，咱們換個話題，」國王的語氣突然輕鬆起來，「我想，你們都知道尼尼微有個智慧宮吧？」

這個突如其來的轉變讓魯巴等人相當訝異，他們互相交換了一個眼神，誰也猜不透國王的葫蘆裡賣什麼藥。

「是的，我們三人都去過智慧宮。」魯巴小心翼翼答道。然後，柳兒又補了一句：「那裡的機關令人大開眼界。」

所羅門王露出一抹詭異的笑容，然後便如數家珍般講述智慧宮裡的各種收藏，像是對每一件藏品都瞭若指掌。

魯巴聽得目瞪口呆，不明白所羅門王如何對智慧宮知之甚詳，更不明白他為何挑起這個話題。傴師和柳兒也露出疑惑的表情，顯然跟魯巴同樣心思。

就在三人困惑不已之際，所羅門王又有驚人之語：「你們一定納悶，我為何對智慧宮這麼瞭解吧？呵呵，原因很簡單，智慧宮的主人納布什木，現在正是我的『客人』。」

這句話有如當頭一棒，令三位賓客震驚不已。等到三人勉強回過神來，所羅門王突然轉身，對身後一排侍衛做了幾個手勢。

其中一名侍衛立刻行禮告退，與此同時，另一名侍衛將傴師和柳兒客客氣氣請出了餐廳。

# 6

魯巴惴惴不安地目送偃師和柳兒，內心忐忑不已。所羅門王這個舉動，讓整個局面變得更加撲朔迷離。餐廳內的氣氛轉趨凝重，一切似乎都靜止了。

「我想讓你見一個人。」國王的聲音打斷了魯巴的思緒。

聽到這句話，魯巴心裡便有數了。可是，等到那人終於出現，魯巴卻不敢相信自己的眼睛——那個熟悉的身形，那個他在工地見過無數次的面孔，此時此刻卻帶給他無比的震撼！

「亞伯蘭宗匠？」魯巴脫口而出，聲音中充滿問號，突然間，一個令他不寒而慄的想法閃過腦海，「難道……難道你就是納布什木？」他的聲音微微顫抖，眼中滿是疑惑和震驚。

「沒錯，看來你已經知道我的秘密了。」納布什木咧嘴一笑，笑容中帶有幾分苦澀、無奈和疲憊。

所羅門王直勾勾瞪著納布什木，以充滿威嚴的口吻道：「告訴他吧，你都做了些什麼好事。」

納布什木嘆了一口氣，以發顫的聲音緩緩道：「沒錯，我確實具有匠人公會的宗匠，以及智慧宮主人的雙重身份。我之所以這麼做，當然有我的目的——」他頓了一下，似乎是在斟酌用詞，「我一生追求的目標只有一個，就是要讓機關人偶取代人類。」

聽到這番話，魯巴不只目瞪口呆，甚至感到一陣眩暈。「怎麼可能有這種事？你為什麼要這麼做？」聲音中充滿憤怒和不解。

納布什木眼中閃過一絲狂熱，像是要談論一個偉大的夢想。「想想看，魯巴，機關人偶不會生病，不會衰老，不會感情用事；它們可以成為完美的勞動力，完美的戰士，甚至完美的統治者。」

納布什木的言論充滿激情，魯巴卻只覺得無比荒謬和可怕。他無法理解納布什木的想法，更無法接受這個瘋狂的目標。

「你瘋了！」魯巴厲聲道。

納布什木搖了搖頭，露出不屑的神情。「不，我可沒有發瘋，我只是比你……比任何人都看得更遠。為了實現這個遠大的目標，我需要一個能推動機關術發展的領袖。只可惜，這個人並不是半路殺出的你，而是你的朋友偃師。」他彷彿在述說一個未能實現的夢想，語氣中多有遺憾，「我花了十年心血，滿世界尋找，才終於找到他這個奇人！」

「所以，你一直在操縱我們？」魯巴迅速回想過去兩三個月的經歷，不禁感到一股寒意。

納布什木居然大方地承認：「說操縱也沒錯。我做了一系列的安排，目的就是要讓偃師成為匠人公會的會長。為了達到這個目的，我甚至不惜燒毀智慧宮，一方面是銷毀證據，另一方面也是製造機會，好讓匠人公會自然而然接觸到偃師這個人。」他不自覺地越說越得意。

魯巴幾乎不敢相信自己的耳朵，還感到一陣陣的噁心衝向腦門。現在，所有的疑團都有了解釋，但這些解釋卻讓他感到無比憤怒和悲傷。「難怪你要盜取公會的信物……」

納布什木輕蔑地一笑：「何必盜取，這幾年，信物剛好輪到我保管！」

「那麼，艾桑會長的意外呢？」魯巴追問，心中卻已經冒出可怕的答案。

聽到這個問題，納布什木臉上出現一閃即逝的愧色。「艾桑的死……我必須承認，確實與我有關。可是……那真的只是意外！」他說得聲淚俱下，卻讓魯巴感到虛偽無比，「我原本只是想破壞聖殿工程，打擊你的威信，好讓偃師逐步取代你的地位。我從未想到會造成無法挽回的遺憾！」

聽完這番話，魯巴越想越氣憤，不知不覺握緊了拳頭，擺出一副要衝上去揍人的架式。幸好所羅門王及時出言制止。「魯巴，冷靜！納布什木將會受到應有的懲罰。身為貴族的他，雖有若干禮遇，仍是本國的階下囚。」

魯巴努力壓抑怒火，良久才控制住自己的情緒。直到這個時候，所羅門王才補充道：「其實，這位貴族囚犯並未完全吐實，據我所知，他背後還有神秘的主使者！」

魯巴立刻高聲追問：「是誰？陛下如果知道，務必告訴我！」與此同時，他注意到納布什木露出難以置信的神色，等於默認了國王的指控。

所羅門王卻冷冷地說：「我建議你直接審問囚犯吧。」

不料未等魯巴發問，納布什木已經堅決地搖了搖頭。「別白費力氣了，即使我說了實話，你們也萬萬不會相信。」言下之意，他打定了主意絕不吐實。

對於這個回答，所羅門王似乎並不意外。他做了一個手勢，侍衛立刻將納布什木帶了下去。

然後，所羅門王轉向魯巴，神情嚴肅道：「現在你總該明白，艾桑會長為什麼說，那十位宗匠，並不是個個都值得信任！」

魯巴明知國王在引用艾桑的遺言，而這個遺言應該是無人知曉的秘密，但在經過眾多震撼之後，他已經懶得追究這個小問題，只是默默點了點頭。

所羅門王繼續懇切道：「魯巴，我再次請求你，考慮接受匠人公會會長的職位，至少做到聖殿完工。在這個關鍵時刻，我需要一個值得信賴的人來領導公會。」

一時之間，魯巴腦海中閃過好些思緒：艾桑猝死的真相、匠人公會的內鬥、納布什木的陰謀，以及所羅門王的深不可測。他心知肚明，自己正面臨一個重大無比的抉擇，他的決定不僅關係到個人的命運，甚至牽涉到了整個匠人公會，乃至建築文明的傳承。

「陛下，請給我一點時間。」魯巴終於開口，聲音堅定而平靜，「這個決定太重要了，我需要好好思考一番。」他露出無比堅毅的眼神，意味著這是自己的底線。

所羅門王輕嘆一聲：「我可以理解，但是，魯巴，請記住時間不等人。我們必須盡快採取行動，及時防止更多的陰謀。」

「既然如此，」魯巴一字一頓道，「那麼，我只求陛下答應一件事。」

「什麼事？」

「請陛下維護……永遠維護匠人公會的獨立自主。」

# 第九章

# 聖殿

# 1

清晨的空氣有些許涼意，夾雜著石灰和木料的氣息。今天，聖殿工程將畫下一個完美的句點。魯巴心中既有興奮，又多少帶些緊張。

不遠處，躺臥著兩根巨大的半實心銅柱，那是聖殿的點睛之筆。所羅門王還特別給它們取了名字：雅斤和波阿斯。魯巴來到近前，輕撫銅柱的表面，感受金屬的光滑和冰涼。每根銅柱高二十三肘，周長十二肘，重達數十噸，其上雕刻精美的花紋和圖案。在陽光照耀下，它們反射出金色光芒，預示這座聖殿輝煌的未來。

「雅斤……波阿斯……」魯巴輕聲唸出這兩個希伯來名字，好似在品味其中的深意。他回想起所羅門王曾經解釋，雅斤意指「祂所建立」，波阿斯則代表「祂的力量」。這讓魯巴感受到兩者的重要性，它們已不僅是建築構件，更是以色列民族的信仰象徵。

這時，魯巴的得力助手阿列夫匆匆跑來，臉上帶有些許疲憊，眼中卻閃爍興奮的光芒。

「魯巴會長，」阿列夫躬身行禮，聲音有點激動，「我們已經完成滑輪系統的安裝和測試。」

「很好。繩索的強度如何？」魯巴眼神中充滿關切。

「我選用了最堅韌的麻繩，每一根都經過嚴格的測試。」阿列夫信心滿滿，「我甚至讓十名壯漢同時拉扯，確保每根繩索都能承受巨大的重量。」

「槓桿和滾木呢？」魯巴繼續追問，他深知任何細節都可能影響工程的成敗。

「也都已經準備就緒，按照您的指示，放在適當的位置了。」阿列夫答道，「我們還特別加固了關鍵部位，以確保整體的穩定。」

魯巴終於露出一抹笑容：「看來準備得很充分。不過，你還是要將所有的設備再檢查一遍。」他以鄭重的口吻道，「豎立銅柱是艱巨的任務，絕對不能有絲毫疏忽。」

阿列夫恭敬地點頭答應，隨即去安排複查的工作。魯巴望著他的背影，暗自讚賞這個年輕人的責任感和執行力。

隨著朝陽逐漸升起，上工的匠人越來越多。有人在檢查滑輪，有人在測試繩索，還有人正在為銅柱塗抹特製的油脂，以減少移動時的摩擦。整個工地井然有序，好似一台精密運作的機器。

魯巴滿意地點了點頭，目光又回到兩根巨大的銅柱。他比任何人都瞭解，今天的工程不僅是技術上的挑戰，更是對匠人公會整體能力的重要考驗。他回想起在埃及建造陵墓的幾個關鍵時刻，此時的壓力絕對有過之而無不及。

等到魯巴回過神來，發現偃師和柳兒已經站在身邊。「來得正好，」他笑道，「我正想跟你們聊聊……」

柳兒卻搶先開口，壓低聲音道：「我注意到，一大早就有幾個陌生面孔在附近徘徊！」

「是嗎？」魯巴不禁皺起眉頭。

「你放心，今天我會特別提高警覺。」柳兒慨然道。

「其實，你們兩人一來，我就信心倍增了。」魯巴的聲音透出無比的真誠。

太陽慢慢爬高，耶路撒冷的街道也漸漸熱鬧起來。城中百姓三三兩兩聚集在工地周圍，期待見證這項偉大工程的最後一天。

「準備動工吧！」魯巴高聲道，聲音中充滿決心，「讓我們共同完成這項偉大的使命！」整個工地立時沸騰，匠人們各就各位，準備執行這項艱巨而光榮的任務。

## 2

空氣中滿是汗水與塵土的氣息，混合著木料和金屬特有的味道。上百名匠人在各自的崗位上待命，每個人的表情都嚴肅無比。

「開始！」站在高台上的魯巴高聲下令，嘹亮的聲音傳遍整個工地。

隨著這聲指令，匠人們如精密機器般展開行動。第一步，是將名為雅斤的銅柱推送到預定的位置。這個步驟看似簡單，實則暗藏許多風險，魯巴自然而然屏氣凝神，緊盯每一個細節。

「小心！慢慢來！」他提高音量指揮，「注意保持平衡！」

在幾十名壯漢合力推動下，銅柱開始在滾木上緩緩滑動，地面被巨大重量擠出低沉的轟鳴。突然間，幾根滾木同時斷裂，發出刺耳聲響，銅柱瞬間失去水平，眼看就要刮到地面。

「快，設法撐住！」魯巴從高台飛奔而下，親自加入搶救的隊伍。他的心跳陡然加速，額頭上冒出細密的汗珠。

匠人們及時用木樁撐住銅柱，總算避免了一場災難。魯巴擦了擦頭上的汗水，心中暗自慶幸，卻也意識到這任務比想像中更困難。望著匠人們緊張的面孔，他知道必須迅速穩定軍心。

「我們需要做些調整，」魯巴的聲音冷靜而堅定，彷彿剛才的危機只是刻意安排的預演，「將滾木的間距縮小，增加承重點。同時，在關鍵位置加固支撐。」

經過這番調整，銅柱的移動變得順利許多，不久便抵達聖殿正前方。然而，真正的挑戰才剛開始——如何將這根沉重的銅柱穩穩豎起來？這要比豎立一座方尖碑困難得多，因為銅柱是完美的圓柱體，不像方尖碑那樣有稜有角。

但無論如何，魯巴在埃及累積的豐富施工經驗，仍對眼前這個任務有極大的助益。

「收緊繩索！」魯巴大聲指揮，「慢慢提升，注意角度！」他盯牢每一個步驟，生怕出現任何差錯。

隨著滑輪的轉動，銅柱的頂端開始緩緩升起。每提升一寸，風險便增加一分；緊張的氣氛逐漸升高，在場的每一個人，包括魯巴在內，連大氣都不敢喘一口。

突然間，傳來一下不祥的聲響，預示某根繩索即將斷裂。銅柱開始輕微搖晃，眼看就要傾倒。匠人們發出驚恐的叫喊，甚至有人閉上了眼睛。

千鈞一髮之際，魯巴想起建造陵墓時類似的危機，趕緊大聲下令：「快，用三角支架固定！」

眾人迅速搭起一個克難的支架，及時阻止了銅柱的傾倒。危機雖然暫時解除，但這個意外讓大家體認到任務的艱巨，工地頓時陷入一片寂靜，人人臉上都流露出憂慮的神色。

更糟的是，有人開始低聲議論，懷疑能否順利完成這項任務。魯巴心知肚明，如今最需要的並非技術支援，而是堅定的信念和團結的意志。

「諸位，」他以嘹亮的聲音穿透嘈雜的工地，「我承認這個任務非常艱難，但我要再次提醒大家，我們正在參與一項偉大而神聖的工程。這兩根銅柱不僅是聖殿的門面，更是匠人集體智慧的象徵。讓我們齊心協力，完成這個看似不可能的任務！」

這番話為現場注入嶄新的力量，匠人們重新燃起鬥志。大家著手檢查設備，加固繩索，為下一次嘗試做好萬全的準備。這時，魯巴心中湧起一股自豪：無論前方還有多少困難，只要大家團結一心，沒有什麼是無法克服的！

## 3

烈日當空之際，雅斤銅柱已安穩地聳立在聖殿前，反射出耀眼的光芒。魯巴提醒自己，真正的挑戰在於第二根銅柱波阿斯，必須將它豎立在完全對稱的位置，不得有絲毫偏差。

魯巴額頭上布滿細密的汗珠，眼中依舊閃爍堅定的光芒。「各就各位！」他的聲音在工地迴蕩，「準備豎立波阿斯。」

匠人們立即有條不紊地操作著滑輪、槓桿和繩索。眼見波阿斯一端即將離地，魯巴的一顆心也提了起來。剛才的經驗告訴他，任何一個小細節都可能導致災難性的後果。他輪流掃視每一個角落，生怕遺漏了微小的隱患。

正是在這個過程中，魯巴注意到有一根繩索似乎舊了些，承重的位置還有磨損的痕跡。這些繩索應該是全新的，不可能有任何例外，怎麼會出現這種情況呢？魯巴的心猛地一沉，不祥的預感油然而生。

「停！」他斷然下令，「大家通通停手！」

整個工地瞬間安靜下來，只剩呼吸聲依稀可聞。匠人們望著魯巴，紛紛露出疑惑不解的神情。

「阿列夫！」魯巴叫來自己的得力助手，「這根繩索是怎麼回事？難道不是你負責的？」他毫不留情地嚴厲質問。

阿列夫支支吾吾說不出話來。只見他眼神閃爍，臉色鐵青，似乎在極力掩飾什麼。

莫非又有人打算破壞聖殿工程？這個想法令魯巴不寒而慄，他當機立斷，立即撤換了涉有重嫌的阿列夫。

「趕緊更換所有的繩索！」魯巴向另一位助手吉莫哈下令，語氣中帶著不容置疑的威嚴，「同時，仔細檢查其他的設備，一一確認完好如初。」

吉莫哈是個年輕的腓尼基人，既機敏又可靠，他隨即準確無誤地傳達了魯巴的命令。

匠人們立刻行動起來，有人更換繩索，有人檢查滑輪，還有人在重新計算繩索的受力。與此同時，魯巴腦海中閃過無數問號：誰會想要破壞聖殿工程？是敵對的國家？還是納布什木的餘黨？抑或公會內部還有其他反對勢力？這些疑問如同一團團迷霧，籠罩他的心頭。

這時偃師走過來，向魯巴鄭重報告：「門口處的機關被動過手腳，幸好及時發現，否則後果不堪設想，第二根銅柱一旦豎起，恐怕整個聖殿都會倒塌！」聲音微微發顫，顯然他也意識到了事態的嚴重性。

魯巴做了一個深呼吸，勉力控制住情緒。他深知自己責任重大，不僅要完成這項艱巨的工程，還得保護所有匠人的安全，並設法揭露藏在暗處的敵人。

「加強戒備！」魯巴堅決下令，「由於情況特殊，我要求大家互相監督。發現任何可疑，務必立即通報，不得有半分遲疑。我們絕對不能讓那些陰謀詭計得逞！」

他剛說完這番話，遠處便傳來一陣騷動。魯巴抬頭一看，只見一隊侍衛簇擁著面色凝重的所羅門王，正朝這裡快步走來。看來，魯巴心想，什麼事都瞞不過這位。

魯巴一面整理衣冠，一面思索如何向國王說明目前的情況，以及如何尋求無條件的支持。

## 4

隨著國王的駕臨，工地上的喧囂瞬間終止，連塵土都似乎不再飛揚。魯巴迎上前去，深深鞠了一躬，道：「感謝陛下親臨工地，令匠人們士氣大振。」他的聲音平穩，心跳卻不自主加快。

所羅門王面帶微笑，卻難掩銳利的目光。「魯巴會長，我聽說工程遇到了一些……意外？」這句話字字帶著無形的壓力。

魯巴不敢有所隱瞞，一五一十稟報了可疑的繩索、被動過手腳的機關，以及助手阿列夫的重嫌。

聽完魯巴的報告，所羅門王眉頭深鎖，憤憤然道：「看來，有人不願見到聖殿順利完工。」

「陛下不必太過憂慮，」魯巴恭敬而堅定地說，「我們正在全力調查，若有具體發現，會立刻稟報陛下。」

所羅門王點了點頭：「很好。需要任何協助嗎？」

魯巴等的正是這句話，他連忙垂下頭，低聲道：「請恕屬下直言，我知道公會中有陛下的眼線，如今情況特殊，陛下若能破例分享蒐集到的情報，一定能讓調查工作事半功倍。」

所羅門王揚了揚眉，便答應了這個非常的請求。「現在，暫且忘掉這些不愉快，說說目前的進度吧。」

魯巴暫時鬆了一口氣，打起精神道：「如陛下所見，我們已經將雅斤立在聖殿正前方。如果一切順利，在太陽下山前，波阿斯將豎立在完全對稱的另一側，而這就標誌聖殿大功告成。」

所羅門王滿意地頻頻點頭：「很好，很好。這兩根銅柱象徵我們的信仰，記得我跟你說過，雅斤代表『祂所建立』，波阿斯則是『祂的力量』。它們將成為聖殿的忠誠守護者，永遠見證耶和華的無上榮耀。」國王越說越虔誠，臉上幾乎出現一抹聖潔的光輝。

魯巴不知不覺感染了這股宗教情懷，誠心誠意道：「陛下的真知灼見令我萬分敬佩。有這樣的意義隱藏其中，聖殿就不僅是一項工程，更是神聖的使命。」

所羅門王拍拍魯巴的肩膀，以欣慰的口吻道：「你能有這樣的理解，我真的很高興。我們不僅要建造一座宏偉莊嚴的聖殿，更要將智慧和信仰發揚光大，傳遞給後世子孫。」

## 5

國王終於離開了工地，然而，魯巴還來不及喘一口氣，又感受到另一股無形的壓力。

「魯巴會長，」一位名叫亞倫的老匠人走上前來，聲音中隱約帶著敵意，「我們有些問題想請教您。」

魯巴強迫自己保持鎮定：「請說，亞倫大匠。」他的聲音聽來平穩，其實整個人已繃緊神經。

亞倫清了清嗓子：「會長，我必須說幾句不中聽的話。最近我們注意到，您在遇到問題時，似乎總是諮詢那兩位東方朋友，而不是我們這些經驗豐富的公會成員。這麼做，是不是有些不妥？」他說這番話的當兒，又有幾名匠人圍了過來。

魯巴心中一凜，萬萬沒想到內部矛盾會在這時爆發。他深吸一口氣，努力保持心平氣和。「亞倫大匠，」他耐心解釋，「偃師和柳兒確實提供我很多有用的建議，不過，這並不意味我忽視了公會成員的意見，尤其是您們這些前輩的寶貴意見。」

「可是，」另一位名叫西蒙的大匠插話，聲音中帶有明顯不滿，「難道公會的事務不該公開透明嗎？今天早上，我還看到會長和那東方女子交頭接耳！」

魯巴明顯感到情況即將失控，聚集過來的匠人越來越多，臉上都帶著質疑的神色。工地上充斥著緊張的氛圍，彷彿衝突會一觸即發。

這時，偃師和柳兒也聞訊趕來，站到了魯巴身邊。周遭的匠人退後了一兩步，眼中的敵意卻有增無減。

「諸位長輩，」柳兒突然高聲道，「請允許偃師大人說幾句話。」她說的是公會通用的阿卡德語，聲音清晰而堅定。

眾人驚訝地望著柳兒，沒想到這東方女子居然能說他們的語言，而且說得十分道地。好些人眼中的敵意稍稍減弱，取而代之的是好奇的目光。

與此同時，偃師在柳兒的協助下，平和而誠懇地說：「我理解大家的心情，身為客人，我和柳兒確實不該涉入公會的事務。」他眼神中透出真摯的歉意，「但請諸位務必相信，我們所做的一切，都是為了聖殿工程著想。」

偃師轉身望了望魯巴，又繼續道：「魯巴會長的才能有口皆碑。他不僅精通建築技術，更懂得如何調和各方意見。今後，如果大家有什麼建議或想法，不妨直接向他提出，我相信他一定會認真聆聽，並且慎重考慮。」

魯巴感激地看了偃師一眼，然後對眾匠人說：「偃師大師說得很對。我在此向大家鄭重道歉，如果我的言行讓諸位覺得遭到忽視，完全是我個人的疏失。從現在起，我會盡可能聽取大家的意見。讓我們共同努力，完成這項偉大的工程！」他的聲音也充滿誠意和決心。

亞倫和西蒙對視一眼，臉上的怒氣都緩和不少。「好吧，我們願意接受您的道歉。」

亞倫的語氣中帶著妥協，「希望您能牢記今天這番話。」

魯巴鄭重承諾：「請大家放心，我一定不會忘記。」

這時，突然有個學徒匆匆跑來，臉上寫滿了驚恐。「會長，不好了！雅斤銅柱的地基出現裂縫！」

這個消息如同晴天霹靂，人人臉上都浮現出憂慮的神色，剛才的爭執被拋到了九霄雲外。

魯巴毫不遲疑，高聲號召道：「讓我們暫時放下分歧，一起解決這個問題！」匠人們紛紛點頭，拔腿奔向聖殿正前方。

來到銅柱旁邊後，魯巴發現地面確實出現一道細微的裂縫。他趕緊蹲下來，仔細檢查裂縫的走向和深度，開始構思解決方案。

「大家聽好，」魯巴一面起身，一面大聲道，「我們需要立即加固地基。亞倫，你負責組織人手挖開周圍的地面。西蒙，你去準備石灰和砂石。其他人分成兩組，一組負責穩住銅柱，另一組準備澆築新的基座。」

接下來，整個工地忙碌了好一陣子，匠人們齊心協力按照魯巴的指示進行搶修。魯巴照例親自參與，指導每一個細節，並鼓勵每一位匠人。

在太陽下山前，他們終於成功修復了裂縫。魯巴站在銅柱旁，看著這群無比團結的匠人，心中充滿了感激和欣慰。

「諸位，」魯巴高聲道，「今天我們再次證明一個真理：只要大家精誠團結，沒有什麼困難是無法克服的。明天，我們將持續這種精神，為這項偉大工程畫下完美句點！」匠人們爆發出一陣歡呼，整個工地洋溢著勝利的氛圍。

然而魯巴心知肚明，這場危機雖然解除，更大的挑戰還等在前面——或許就是明天。

## 6

次日清晨，仍然是個晴空萬里的好天氣。魯巴同樣早早來到工地，沒想到已經有人恭候多時。魯巴一眼就認出來，此人正是國王的使者，自己首次覲見國王那回，也是他起個大早來邀請的。

「魯巴會長，早安。」使者客客氣氣躬身行禮。

魯巴連忙回了一禮：「使者大人，請問有何貴幹？」

「陛下要我轉達一個口信：耽擱一天無妨，可是無論如何，聖殿今天必須竣工。」

魯巴有點摸不著頭腦，想不通國王為何會下這道口諭，但在這節骨眼，他不便反問什麼，只好一口答應下來。

使者隨即告辭離去，魯巴目送他的背影，竟然突發奇想：莫非耶和華又給國王託夢了？但他隨即揮了揮手，讓這不著邊際的想法隨風而逝。

然後，他在波阿斯銅柱旁佇立良久，內心百感交集。今天真能順利竣工嗎？他心中冒出無數個問號。

等到魯巴回過神，助手吉莫哈正朝他走來。「準備好了嗎？」魯巴問。吉莫哈以信心十足的口吻答道：「報告會長，一切就緒，所有的繩索和滑輪都重新檢查過，保證萬無一失。」

魯巴猛吸一口氣，朗聲道：「那麼，開始吧！」

一聲令下，上百名匠人同時開工。隨著滑輪的轉動，繩索越繃越緊，波阿斯的頂端終於緩緩升起。魯巴目不轉睛盯著這根銅柱，暗自祈禱可別再出什麼意外。

「歪了！」突然有人喊了一聲。

魯巴立刻察覺問題出在哪裡，忙道：「快，加固右側的支撐！」匠人們趕緊採取行動，及時穩住了歪向一邊的波阿斯。

這個小危機解除後，魯巴才注意到太陽不見了，取而代之的是一大片烏雲，似乎隨時可能變天。他暗叫了一聲糟糕，萬一真的下起雨來，豎到一半的銅柱將進退兩難。不過，他盡力將擔憂藏在心裡，並未形之於色。表面上，他仍舊指揮若定，甚至不敢催促眾人加快速度。

不多久，果真下起雨來，幸好雨勢不算大。魯巴忽然靈光一閃，高聲道：「這顯然是耶和華在考驗匠人公會，我們一定要通過考驗！」

這句話鼓舞了士氣，眾人紛紛抹去臉上的雨水，露出堅毅的表情。沒有任何人退縮，反倒越做越起勁。

「成功在望了，大家加把勁！」魯巴高聲道，隨即又不忘叮嚀，「雨水會讓銅柱濕滑，大家務必小心。」

突然一道閃電劃破天際，隨即傳來震耳欲聾的雷聲。好些匠人不由自主打了個寒顫，有幾位甚至嚇得堵起耳朵。

魯巴趕緊提醒自己，此刻必須展現最堅定的領導力。「繼續！」他的聲音壓過轟隆的雷聲，「我們一定要通過耶和華的考驗！」

話音剛落，雨勢竟然迅速變大，轉眼間成了傾盆大雨。匠人們的衣服盡皆濕透，視線也逐漸模糊不清。

「會長，」吉莫哈慌張喊道，「銅柱越來越滑，快要控制不住了！」

魯巴迅速衝到滑輪旁，抓住那根最粗的繩索。「大家用力！」他吼道，「銅柱已經直立，我們沒退路了，必須盡快讓它站穩。」

這時一陣強風襲來，銅柱開始左右搖晃，發出令人心驚的嘎吱聲。「木樁！」魯巴大喊，「快用木樁卡住銅柱底部！」

幾名壯漢立即頂著狂風暴雨，將粗大的木樁楔入波阿斯的基座。可惜效果不彰，隨著風雨越來越強，銅柱搖晃的幅度也越來越大。

奇蹟就是此刻出現的！

一道刺眼的閃電當頭劈下，銅柱瞬間停止搖晃，穩穩立在基座上。與此同時，暴風雨陡然停止，烏雲也隨即散去，燦爛的陽光重新照耀整座聖殿。

「耶和華顯靈了！耶和華垂憐世人！耶和華庇佑匠人公會！耶和華總算伸出援手！讚美全能的耶和華！」眾人近乎語無倫次地喊道。

這一幕也震撼了魯巴，令他久久說不出話來。然而，在仔細檢查過這根銅柱後，他竟然發出豪放的笑聲。「匠人們，耶和華認可了我們的成果！」他指著波阿斯的中段，「大家看，這道閃電印記，就是祂的簽名。」

工地上立時響起一片歡呼，匠人們互相擊掌慶祝，臉上洋溢無比的喜悅。然而，魯巴卻無法融入現場的歡樂氣氛，只是望著兩根聳立的銅柱發呆。

偃師走到他身邊，低聲問道：「魯巴兄，你有心事？」

魯巴擠出一抹苦笑：「沒什麼，我只是在想，聖殿雖然竣工了，公會內部仍舊暗潮洶湧，阿列夫的背叛就是鐵證。即使所羅門王已經答應分享情報，我仍對情勢不敢樂觀。」

偃師微微點頭：「是啊，看來，要清除這些餘黨，還有一場硬仗要打。」

魯巴重重嘆了一口氣：「幸好打完這場仗，我就可以功成身退了。」語氣中既有解脫又有不捨。

偃師拍拍魯巴的肩膀，豪氣地說：「無論如何，我和柳兒都無條件支持你。」

# 7

興建多年的聖殿終於竣工，聖城耶路撒冷沐浴在一片歡慶氛圍中。然而，匠人公會卻面臨了關鍵時刻。

魯巴來到公會在耶路撒冷的據點，準備召開十宗會。不過，這次的十宗會有點名不符實，因為坐在會議桌旁的宗匠，怎麼算也只有九個人。缺席的那位，當然是遭到除名的亞伯蘭，或者更正確地說，是化身為亞伯蘭的納布什木。

陽光透過彩繪玻璃灑落會議廳，為這個莊嚴的場景增添幾分神聖感。包括魯巴在內，人人都感受到此刻的重要性，毫無例外個個一臉嚴肅。

「各位宗匠，」魯巴終於開口，目光掃過在座眾人，「相信大家都已經知道，我召開這次十宗會的目的。」

他頓了一下，然後繼續平心靜氣道：「當初，由於所羅門王極力挽留，我才答應暫代會長之位，直到聖殿完工為止。如今，我們共同完成了這項偉大的工程，是我該履行諾言，交出會長職位的時候了。」

會議廳內立刻響起一陣低聲議論，宗匠們交頭接耳，人人都有話要說。

「魯巴會長，」年長的尼布涅夫宗匠率先起身，聲音中透著焦慮，「你確定真要這麼做嗎？在你的領導下，我們不僅完成了聖殿工程，還消弭了好些內憂外患。由於你的努力，匠人公會明顯地比以往更為團結。」

另一位宗匠阿薩斯附和道：「沒錯，會長，您的領導才能有目共睹。我們都認為，您就是最合適的會長人選。」

魯巴笑了笑，緩緩搖了搖頭，以堅定的口吻道：「諸位過獎了。在這段代理會長的日子裡，我只是勉力做到盡責罷了。現在，當然該找一位更合適的人來領導匠人公會。」

然而，宗匠們仍舊不肯接受魯巴的辭職，他們陸續發言，紛紛表達對魯巴的支持和肯定。

「尊敬的會長，」年輕的迪姆迪宗匠首度開口，聲音中充滿敬意，「您可能還不知道，在您的領導下，公會的技術水平提高了多少。您帶來了新的思維、新的方法，這正是匠人公會亟需的。」

魯巴雖然被眾人的熱情打動，卻不肯輕易放棄自己的決定。「我真的很感激大家的信任，可是……」他還沒說完，就被尼布涅夫宗匠打斷了。

「魯巴，讓我們投票決定吧。」尼布涅夫道，「如果大家都同意你留任，你就不能再推辭，這才是對匠人公會負責的表現！」其他八位宗匠立時表示贊同。

望著這些熟悉的面孔，魯巴突然意識到，自己已經真正成為這個團體的一份子。他已經好久沒有這種歸屬感了！

投票進行得格外順利，九位宗匠都毫不猶豫支持魯巴留任會長。魯巴環顧四周，看到的盡是信任和期待的眼神，他心知肚明，自己再也無法推辭了。

「好吧！」魯巴終於鬆口，「既然大家如此信任我，我一定全力以赴，帶領匠人公會走向更輝煌的未來。」

宗匠們隨即報以熱烈的掌聲，魯巴卻舉起雙手，表示還有話要說。「既然已經成為正式的會長，在此我要做個提議：最近我們失去一位宗匠，所幸正巧有個適當的人選能填補空缺。」

雖然已經有人猜到這個人選的身份，大家的目光仍聚集在魯巴身上，等待他正式宣布。

「我在此鄭重提議，」魯巴並未賣關子，立刻說下去，「推舉偃師成為新的宗匠。他的才能和智慧，以及他對公會的貢獻，相信大家都有深刻瞭解。」

這個提議再次引起熱烈討論，不多久，已有幾位宗匠表示附議。因此，第二次投票的過程也很順利，偃師以全票通過的結果，成為匠人公會最新的宗匠。

當偃師被請進會議廳時，臉上寫滿了驚訝和感激。魯巴迎上去，握住偃師的手。「歡迎加入，老友，」他笑道，「從今以後，我們共同扛起匠人公會的重任。」

偃師點了點頭，眼中依稀泛著淚光。「謝謝，我絕不會辜負你的期望。」然後，在魯巴鼓勵下，偃師試著用阿卡德語，當場發表了簡短的演說。

於是，匠人公會迎來了新的篇章。雖然前方還有無數挑戰，但眾人心中充滿了信心。

所羅門聖殿

# 第十章

# 神話

# 1

塔尼斯，一座屹立於尼羅河三角洲的大城，此時正沐浴在熾熱的陽光下。金黃的沙塵飛揚，為這座首都罩上一層迷濛的面紗。

魯巴帶領偃師和柳兒，以及匠人公會的阿玖，緩步走在通往王宮的寬闊大道上。兩旁的棕櫚樹在風中輕輕搖曳，彷彿在歡迎這幾位遠客。空氣中飄散著混合了香料、烤肉與河水的獨特氣息，喚醒了魯巴塵封已久的記憶。

魯巴身穿一襲簡樸卻不失莊重的亞麻長袍，舉手投足間盡顯大師風範。偃師和柳兒也入境隨俗，穿上了標準的埃及服飾。阿玖身為土生土長的埃及人，更是顯得如魚得水。

「接見我們的是法老普蘇森尼斯二世，」魯巴一邊走，一邊低聲向同伴解釋，「他是本朝的第七位法老，可以算……是我的舊識。」說到最後，他似乎陷入了回憶。

「魯巴兄，你和法老是怎樣的交情？」偃師好奇地問。

魯巴微微一笑，眼角擠出些魚尾紋。「說來話長。我曾是他父親的首席建築師，當時普蘇森尼斯二世還是王子。我們有過一些互動，但說不上親密。那時的他……」魯巴頓了頓，似乎在斟酌用詞，「是個充滿活力和好奇心的年輕人，總是纏著我問東問西。」

柳兒關切地問道：「聽起來，你似乎對這次會面有些忐忑？」

魯巴輕嘆一聲：「確實如此！權力很容易改變一個人，我不確定當年那個熱情的王子，在成為法老後，是否還保留了那份純真。」

不知不覺間，王宮已經近在眼前。高大壯麗的宮門旁，站著好幾位手持長矛、神情嚴肅的衛士。陽光照在他們的青銅頭盔上，反射出刺眼的光芒。

魯巴深吸一口氣，平復了一下心情。「記住，無論發生什麼狀況，都一定要保持冷靜。」他轉身叮囑夥伴，「我們此行的成敗，可能就在法老一念之間。」

經過了一番查驗，一行人被引進金碧輝煌的謁見廳。大廳內，法老普蘇森尼斯二世端坐在鑲有黃金和寶石的王座上。他身穿華麗的王袍，頭戴雙重王冠，手持權杖和連枷，像極了魯巴記憶中的西阿盟法老。

魯巴恭敬地行了一個大禮。「尊貴的法老陛下，您的僕人魯巴向您致以最崇高的敬意。」與此同時，他不禁暗忖：眼前這位威嚴的王者，就是當年那位好奇心熾盛的王子嗎？

法老笑著擺了擺手：「魯巴老友，別來無恙？多年不見，你可讓我好生掛念。」

「魯巴慚愧！我一直在國外遊歷，學習各地的知識和智慧。」

「哦？」法老頗感興趣，「說來聽聽。」

於是，魯巴扼要地講述了自己這幾年的經歷，從兩河流域一路講到耶路撒冷。他提到了所羅門王和那座聖殿，但並未論及匠人公會，當然更隱瞞了自己的會長身份。

「所羅門王……」法老顯得若有所思，「其實我也認識。事實上，我們還是姻親。為了加強兩國的邦誼，十多年前，先王將我姐姐許配給他。」
魯巴遲疑片刻才道：「是的，我聽說了。可惜我在耶路撒冷，一直沒機會見到公主。」
法老輕輕嘆了一口氣：「只怕是姐姐刻意避著你。想當年，你婉拒了先王替她說的親事，姐姐傷心了好一陣子。」
魯巴有點尷尬，不知如何回應，最後只好擠出一抹苦笑。
法老似乎並不想為難老友，主動轉移了話題：「不介紹一下你的同伴嗎？」
魯巴做了一個抱歉的手勢，隨即指著偃師和柳兒，道：「陛下，這兩位朋友來自遙遠的東方。這位偃師是機關術大師；這位姑娘是柳兒，她精通多國語言，是我們此行的重要幫手。」
偃師和柳兒趕緊躬身行禮，法老笑著揮手答禮，態度相當親切。
「後面那位，是我久別重逢的徒弟。」魯巴不忘介紹站在最後面的阿玖。
「看來，」法老摸了摸鬍子，「你身邊有不少人才！」魯巴微微欠身，回以一個禮貌的笑容。
然後，法老以略顯正式的口吻道：「其實我經常在想，不知你何時能回到埃及，繼續為祖國效力？」
魯巴沉默了片刻，然後謹慎答道：「啟稟陛下，想當初，我盡心盡力侍奉先王，直到他靈魂升天，我自認已功德圓滿，這才開始雲遊四方。如今，基於一些原因，我對所羅門王有不可推卸的責任。」

法老閃過一絲失望的神色，但很快又恢復笑容。「我能理解，魯巴，總之埃及永遠是你的家。也許……若干年後，你完成了所羅門王的託付，會考慮回祖國來？」

望著法老真摯的眼神，魯巴不由得點了點頭。「感謝陛下，我謹記在心。」

法老立刻露出燦爛的笑容：「太好了！我期待那天早日到來。」他走下台階，親切地拍了拍魯巴的肩膀，隨即又走回王座，「現在，說說你的來意吧。」

魯巴恭敬地答道：「陛下明察，我這次覲見，確實有要事相求。」

法老做了一個「請說」的手勢，魯巴便一口氣道：「我需要陛下恩准，允許我們調查大約四百年前，以色列人在埃及的活動記錄。」魯巴故意含糊其辭，並未提及是多少以色列人。

法老揚眉問道：「你們打算怎麼調查？」

魯巴毫不猶豫地答道：「我和這幾位朋友，需要去舊都底比斯查閱當年的文獻，然後，可能還要在埃及境內，進行一些實地考察。」

法老微微皺了皺眉，但這個表情稍縱即逝。「這兩件事都不成問題，我會盡力協助。你們要先去底比斯，是嗎？我派王船送你們去。」

「太好了，謝陛下聖恩。」魯巴叩謝法老後，便領著三位同伴告退。

這時，塔尼斯的夜幕已悄然降臨。走出王宮後，魯巴忍不住抬起頭，欣賞這片他最熟悉的星空。

## 2

時間回到半個月前。

耶路撒冷的王宮金碧輝煌，香柏木的氣息交織著薰香的芬芳，營造出一種莊嚴的氛圍。所羅門王端坐在寶座上，正以炯炯的目光注視著面前的魯巴。

這是魯巴正式成為會長後，第一次接受國王召見。雖然早已熟門熟路，他還是有些坐立不安，因為直到此時為止，他對這次召見的目的仍毫無概念。

「努力了整整七年，聖殿總算竣工了。」所羅門王終於開口，「魯巴會長，我想知道匠人公會今後有何打算。」

魯巴慎重答道：「回陛下，匠人公會將繼續致力推動建築工藝的進步，為人類文明的發展貢獻一己之力。」

對於這個外交辭令般的答案，國王顯然並不滿意，索性挑明了問：「我的意思是，既然聖殿工程已經結束，你們是否又要化整為零了？」

魯巴恍然大悟，忙道：「是的，我們正在安排返鄉庶務，務使匠人都能順利回到家鄉。」

所羅門王總算露出笑容，熱心地問：「有什麼需要我協助的嗎？」

魯巴躬身行了一禮。「感謝陛下，暫時沒有。雖然這是個繁複的工作，但幾位宗匠經驗豐富，還應付得來。」他頓了頓，忽然話鋒一轉，「既然提到了協助，我想趁這個機會，感謝陛下同意與我分享情報。那些情報非常管用，我們很快就過濾出納布什木的餘黨，將他們一一逐出公會。」

所羅門王揚了揚眉：「只是逐出公會？沒有做更嚴厲的處置？」

「確實有些人悲憤難平，想要動私刑，都被我阻止了。」魯巴遲疑了一下，「對於一名匠人而言，我認為逐出公會已是最嚴厲的處置。」

「好一個宅心仁厚的會長。」國王淡淡道，聽不出是褒是貶。魯巴不知該如何回應這句話，只好微微欠了欠身。

直到這個時候，所羅門王才終於講到正題：「有件事，我想跟你商量……」國王似乎欲言又止。

「請陛下明示。」

「你能否暫緩解散工程團隊？」

「為什麼？」魯巴不自覺提高了音量。

所羅門王耐著性子解釋：「為什麼不呢？你們繼續聚在一起，豈不是更容易推動建築工藝的進步？就請大家在耶路撒冷多待些時日，仍是管吃管住，酬勞當然也照舊。」

「可是為什麼呢？陛下明明答應過我，將永遠維護匠人公會的獨立自主。」魯巴有點按捺不住，「正所謂君無戲言……」

所羅門王呵呵笑了幾聲：「你誤會了，魯巴。我這麼做，並非想將匠人公會據為己有。」

「不然，陛下是為了什麼？」

所羅門王陷入沉默，過了好一會兒，才答非所問地說：「魯巴，你相信神的存在嗎？」

這個問題讓魯巴愣住了，他整理了一下思緒，小心翼翼答道：「我當然相信，不過在埃及，我們有眾多的神祇，而在這裡，我知道陛下信仰的耶和華是唯一的神。」

所羅門王繃著臉，帶著幾分悲傷道：「是的，以色列人堅信耶和華是唯一的神。可是，魯巴會長，我卻覺得祂離我們族人越來越遠了！」

看到魯巴露出疑惑的表情，所羅門王開始詳述：「你可知道，在遙遠的過去，我們的先祖能直接與耶和華溝通。比方說，先知摩西甚至與祂面對面交談過。」

「這確實是十分神奇的經歷，並非我們這種凡夫俗子所能想像。」魯巴謹慎地答道。

「可是，現在呢？」國王突然起身，在大廳中來回踱步，「現在，即便我窮盡一切資源建造了偉大的聖殿，即便我夜以繼日虔誠祈禱，耶和華仍舊只會在我夢中出現，從來不曾親身降臨人間。我與祂的聯繫始終是那麼迷離，那麼虛無！」

魯巴不知該如何回應這番話，只好恭敬地站在原處，做個忠實的傾聽者。

所羅門王陡然停下腳步，轉頭面向魯巴。「還是讓我從頭講起吧。當年，我們的先祖亞伯拉罕離開兩河流域，來到迦南這個地方，正是因為他受到了耶和華的召喚。」國王的聲音越來越低沉。

魯巴仍舊並未答腔，只是點了點頭。

「後來，我們的族人遷徙到埃及，」所羅門王繼續道，「他們以奴隸的身份生活了數百年，直到先知摩西出現。」

聽到這裡，魯巴終於忍不住打岔：「陛下，請恕我直言，為什麼身為埃及人的我，從小到大都沒聽過這段歷史？」

「是嗎？這也是意料中的事。」國王咧嘴一笑，「對埃及的統治階層而言，這是一段不光彩的歷史。可想而知，他們很有可能刻意抹去相關記錄。」

「不光彩？」魯巴立刻追問。

「是的！」國王語氣堅定，「因為，摩西是在法老強烈反對下，帶領以色列人成功逃離埃及。這對當時的法老來說，無疑是一種奇恥大辱。」

聽到這裡，魯巴驚訝得說不出話來。他在心中迅速回顧了埃及上千年的歷史，試著將這個故事拼湊進去。

等到魯巴回過神來，剛好聽見所羅門王發問：「魯巴，你可知道，摩西為何能帶領族人順利逃出埃及？」

魯巴誠實地搖了搖頭。

「因為耶和華顯靈了！」國王的聲音充滿敬畏，「祂讓紅海暫時分開，好讓以色列人徒步過海。等到埃及追兵趕來，海水又及時合攏，將他們盡數吞沒。」

魯巴聽得目瞪口呆：「陛下，這……這聽來……簡直是神話！」

「不，魯巴，」所羅門王萬分堅定，「這是千真萬確的史實。我們的祖先世代相傳，每一個細節都歷歷如繪。」

魯巴沉默了不知多久，突然感到一陣恍惚，彷彿周遭的一切，無論精美的廊柱或堂皇的壁畫，都變得不再那麼真實。

所羅門王則直勾勾瞪著魯巴，緩緩說道：「現在，我可以宣布今天召見你的原因了。」

魯巴立刻心頭一顫，同時繃緊了神經。

「我希望委託匠人公會，為我進行另一項工程。」

「請問是什麼工程，陛下？」

所羅門王瞇起眼睛，以催眠般的聲音道：「一個可能改變整個世界的工程！」

**3**

夜幕低垂，漆黑的天幕點綴著點點星光。御書房內燭光搖曳，營造出一種神秘而莊嚴的氛圍。空氣中充斥羊皮紙和墨水的氣息，以及香柏木的淡淡清香。

魯巴伴著國王站在一張大理石桌前，注視著桌上那張精細的地圖。所羅門王的食指在地圖上游移，眼中則閃爍近乎狂熱的光芒。

「魯巴會長，我打算委託匠人公會，在西乃半島旁的蘇彝士灣……這個角落，建造一座大水壩。」國王的手指停留在海灣的北端。

魯巴一臉疑惑：「陛下，能否請問這項工程的目的？」他一邊發問，一邊暗自觀察國王的表情。

所羅門王沉默良久，目光投向遠方，彷彿能看穿時空的阻隔。「正如我剛才所說，根據我們世代相傳的歷史，當初摩西帶領以色列人逃離埃及，一路來到紅海邊，正苦於前無生路、後有追兵之際，耶和華突然顯靈，讓海水迅速分開，露出了一條乾燥的通道。」

「所以呢？」魯巴仍舊摸不著頭腦。

所羅門王繼續耐心道：「經過多年潛心研究，宮中智者發現了不容置疑的證據，足以認定耶和華施展大能的地點，就在這個狹長海灣的最北端。而且直到今天，那裡還留存了耶和華顯靈的遺跡。」說到這裡，國王深吸了一口氣，「那些遺跡，恐怕是我今生唯一接近耶和華的機會了！」

「唯一的機會?為什麼?」魯巴察覺到了國王的迫切感。

所羅門王抬頭掃視書房內密密麻麻的書卷。「這麼說吧，其實根據我們的歷史，所謂的西乃山也是耶和華顯靈之地。而且，那次顯靈伴隨了強烈的天火，整個山頭好似燒窯一般。可是，我派人在西乃半島尋找多年，始終找不到一座被烈火燒黑的山頭！」

這次魯巴並未答話，只是輕輕點頭，他大致明白國王的意思了。

於是，所羅門王繼續說下去：「相較之下，摩西過紅海的地點相當明確。只要在那裡建一座大壩，將蘇彝士灣頂端圍成一個湖，再將其中的海水抽乾，就一定能找到那個遺跡。」

魯巴想了想，決定鼓起勇氣潑冷水。「陛下，恕我直言，如此巨大的水壩，幾乎是不可能的工程。退一萬步講，即使水壩真的建成了，恐怕也無法抽乾那麼多海水。」

沒想到，所羅門王竟然露出神秘的微笑。「其實，我只要匠人公會設法克服第一個難題。」

「為什麼？」魯巴大聲追問。

「因為第二個難題，我已經有解了。」國王難掩得意之色。

「有解了？陛下的意思是……」

「宮中智者已經掌握一種古老的秘術，」所羅門王信心滿滿，「這種秘術一旦施為，便能輕易排光海水，讓海床暴露在外。」

魯巴不禁又目瞪口呆，雖然明知國王對神秘學興趣濃厚，卻沒想到會沉迷到這種程度。他試圖想像這種秘術的威力，腦海中瞬間浮現種種離奇的畫面。

「我明白陛下的意思了，」魯巴的聲音多少有些猶豫，「請給我一點時間，我需要跟公會成員從長計議。」

所羅門王未置可否，逕自走到窗前，抬頭望向夜空。「魯巴，多年來，我心心念念與耶和華建立聯繫，你能理解這種渴望嗎？」

魯巴沉默了片刻，才以無比真誠的口吻答道：「雖然我有不同的宗教背景，但我自認充分理解陛下內心的渴望。請放心，我會盡力完成陛下的心願。」

「很好！」國王的視線依舊射向遠方，「今天的對話，請務必保密。」

「這點也請陛下放心。」魯巴鄭重答道，隨即告退離去。

# 4

離開王宮後，魯巴立刻去找偃師和柳兒，打算先聽聽他倆的意見。

耶路撒冷的夜晚涼爽宜人，微風陣陣輕拂，帶來橄欖樹的清香。三人坐在客棧二樓的露台，周圍只有幾盞昏黃的油燈，為這次聚會提供了恰到好處的氛圍。

「我總覺得，以色列人信仰的耶和華，是個十分特別的神。」聽完魯巴的敘述，柳兒先感嘆一番。為了避免翻譯，她選擇了阿卡德語。

「是啊，」魯巴附和道，「在我們所知的世界中，大多數人都同時信仰眾多神祇。例如埃及有阿蒙、阿頓、荷魯斯等數不清的神，巴比倫有馬爾杜克、伊絲塔等等。唯獨以色列人，堅信天地間只有一個耶和華，其他的神都是虛假的。」

柳兒若有所感：「有趣的是，對大多數人而言，耶和華只是一個陌生的神，多祂一個沒什麼大不了。至少，我打從一開始便是抱持這種態度。」這話雖然說得輕鬆，見解卻相當深刻。

傴師瞇眼笑了笑：「說得好，經你這麼一提醒，我發覺自己也是這麼想的。」他頓了頓，「不過，所羅門王對耶和華的執著，還真令人不得不佩服。」

聊到這裡，柳兒又有一個聯想：「所羅門王說耶和華離他們族人越來越遠，我忽然想到一個類似的例子。」

這句話勾起兩位男士的好奇心，只聽柳兒繼續說道：「在我們中土地區，其實也有類似的情況。例如商朝流行占卜，人們常用這個管道與上天溝通，效果非常靈驗，可是到了周朝，這種聯繫就迅速減弱，而且越來越不靈了。」

魯巴突然眼睛一亮：「柳兒舉的例子，讓我想起愛琴海的一則傳說——在克羅諾斯統治的時代，天神與人類根本就是住在一起。那個時候，人可以直接與神對話，得到神的指引。」

「看來，這種『人神疏離』的現象並不罕見。」傴師顯得一本正經，像是正在思考一個深奧的哲學問題。

一陣沉默後，柳兒又轉換了話題：「對了，所羅門王提到的秘術，你們能猜猜是什麼嗎？」

傴師使勁搖了搖頭：「猜不到！能夠輕易排光海水，像是只存在於神話中的能力。」

柳兒眨了眨眼，興奮地說：「我剛剛想到一個可能。相傳大禹在治水過程中，曾經使用一種叫作『息壤』的神物。這種神奇的土壤會自動生長，只要放一點在水裡，就能迅速填補河道，阻擋洪水。」

「你的意思是，」魯巴也感染了興奮的情緒，「所羅門王可能找到了類似的東西？」

柳兒緩緩點頭，聲音充滿自信：「對！如果真有這樣的神物，只要將它撒入封閉的海灣，就能產生更多的土壤，而且生生不息。這麼一來，海水是不是就會被排開了？」

傴師卻表達反對立場：「不行，這樣做等同於填海造陸，會將所有的遺跡掩埋殆盡。即使真有這樣的神物，在這項考古任務中，也是英雄無用武之地。」

魯巴表示贊同：「傴師老弟說得有道理，我看我們就別瞎猜了，只要建成大壩，所羅門王自會揭曉謎底。」

傴師突然皺起眉頭：「可是，你有把握說服十宗會，通過這個委託案嗎？」

魯巴有點心虛，苦笑道：「至少，我已經爭取到你這一票，對不對？」傴師輕笑一聲，默默點了點頭。

夜風輕拂，帶走了白天的燥熱。遠處傳來隱約的笛聲，為夜晚平添幾分詩意。

## 5

會議廳內瀰漫一股淡淡的檀香味，這是十宗會開會的傳統。魯巴深深吸了一口，感受那美妙的氣息，藉以平復緊張的情緒。

十位宗匠圍坐在長桌旁，目光聚集在今天召集臨時會議的魯巴身上。

「諸位宗匠，」魯巴的聲音沉穩而堅定，「緊接著聖殿工程，所羅門王打算再委託匠人公會，在紅海的蘇彝士灣建造一座大壩。我們今天的會議，就是要討論工程的可行性，並做出接受與否的決議。」

此話一出，除了偃師之外，其他九位宗匠都露出驚訝的眼神，會場的氣氛立刻繃緊了。

魯巴沉住氣，繼續陳述道：「接下來，我來簡報這項工程的細節。」他攤開一張大型羊皮紙，其上繪有精細的工程圖，「這座大壩將橫跨蘇彝士灣最北端，將這部分的海灣圍成一個鹹水湖……」

說到這裡，魯巴注意到有人舉手，仔細一看，竟是平時沉默寡言的塞特內赫特。這位宗匠也是埃及人，比魯巴至少年長十歲，滿是皺紋的臉上刻畫著無數工程經驗。「在海中施工，變數極多，挑戰極大。請問在座有沒有人知道，那裡的海水究竟有多深？」

魯巴衝著助手吉莫哈做了個手勢，後者趕緊掏出一卷羊皮紙，恭敬地遞了過來。

魯巴抓著羊皮紙，高聲道：「我已經派一位大匠做過測量，他駕船在那個海域，用拋錨法測量了幾十處海床，測得的深度平均是二百肘。更正確的數據……」他低頭看了看羊皮紙，正準備報告數據，台下已經有人按捺不住。

「二百肘?!」年事已高的尼布涅夫宗匠驚呼，隨即猛咳了好幾聲。

「在二百肘深的海水興建大壩，絕無可能！」阿薩斯宗匠高聲附和，粗獷的聲音在大廳中迴蕩良久。

魯巴心平氣和地表達自己的立場：「我承認這項工程極具挑戰性，可是，要說絕無可能，恐怕武斷了些。」

這句話並未獲得廣泛認同，接下來，反對的發言仍舊接二連三。魯巴注意到，除了偃師，似乎只有年輕的迪姆迪宗匠抱持開放態度，正在認真記錄每個人的觀點。

爭論持續了許久，氣氛也越來越緊繃，連檀香的氣味似乎都變濃了。

最後魯巴只好付諸表決，雖然明知勝算微乎其微。「諸位，」他提高音量壓倒眾人，「既然已經做了充分討論，接下來，就讓我們投票決定吧。贊成接受委託的請舉手！」

結果，只有偃師和迪姆迪兩人舉起手來。這項委託提案，正式遭到十宗會否決！

會議結束後，魯巴走在前往王宮的路上，腦海幾乎一片空白。是要說服所羅門王放棄，還是要試圖另闢蹊徑？真是無比艱難的抉擇！

## 6

當魯巴踏進御書房時，所羅門王正站在窗前，眺望遠方的地平線。夕陽將國王的身影拉得很長，在地上投下一道威嚴的剪影。

魯巴靜候良久，所羅門王一直沒有轉過身來，魯巴只好對著國王的影子，稟報了這個壞消息。

萬萬沒想到，等到終於看到國王的臉孔，魯巴並未見到預期中的失望或憤怒，當然也絕非欣慰或雀躍。總之，所羅門王的表情十分難以形容。

「昨夜睡夢中，耶和華又賜給我一個啟示。」國王沉聲道。

魯巴做了一個不解的表情，所羅門王揮揮手，逕自說了下去：「我終於明白，傳說終歸是傳說，不一定是事實。」

魯巴忍不住問道：「陛下的意思是，摩西過紅海的傳說，只是神話，並非事實？」他的聲音難掩驚訝，因為他記得柳兒說過，這傳說是以色列人的核心信仰。

所羅門王緩緩搖了搖頭，目光變得異常深邃。「不！摩西過紅海仍是千真萬確的史實，我的意思是，宮中智者認定的地點，並不一定正確。」

原來如此，魯巴心想，果真出現了一絲新希望。「能否請問陛下，耶和華有沒有明示摩西過紅海的正確地點？」魯巴明顯感受到自己的心跳加速。

所羅門王又搖了搖頭，表情變得有些神秘。「當然沒有！不過沒關係，我已經想到一個辦法。」

「什麼辦法？」魯巴追問。

「我相信，在埃及的古老文獻中，應該能夠找到正確答案。雖然統治階層刻意抹去這段歷史，某些線索仍有可能默默流傳至今。所以，你要趕緊啟程去一趟埃及！」國王的聲音帶有難以壓抑的激情。

「陛下這想法確實有道理，」魯巴緩緩道，「問題是，要在浩如煙海的古文獻中找到有用的線索，恐怕也是一項艱巨無比的任務。」他腦海中已經浮現幾座巨大的神廟，以及收藏其中的數以萬計卷軸。

所羅門王走到魯巴面前，將雙手搭在他肩上。「魯巴，我對你有信心。你不僅精通建築術，對歷史和文物也有深刻的認識。若說世上僅有一人能找出真相，那人非你莫屬。」

魯巴感到一股暖流湧上心頭，他深吸一口氣，以堅定的口吻答道：「陛下請放心，我會盡我所能，找出正確的記錄。」

所羅門王終於露出滿意的笑容：「記住，魯巴，我試圖尋找的，是與耶和華直接溝通的可能性。如果成功了，將改變整個世界的格局。」

當魯巴走出御書房時，夜幕早已悄悄降臨。他不自覺地抬起頭，瞥見幾顆星星在天邊閃爍，似乎在給自己加油打氣。

西乃半島

# 第十一章

# 遺跡

# 1

抵達塔尼斯的第一個夜晚，魯巴從王宮回到客棧，本打算盡早就寢，不料在床上翻來覆去，竟然始終無法成眠。

白天覲見法老，從頭到尾都很順利，收穫也頗豐富，但他心中就是有點不安。魯巴躺在床上左思右想，最後終於想到了原因。

法老顯然對他以誠相待，反之，他卻對法老多有隱瞞——非但隻字未提匠人公會，甚至此行的真正目的，他也只是盡可能輕描淡寫。

這實在有違他一貫的做人原則，但身為匠人公會的領導者，魯巴如今身不由己。他之所以徹夜未眠，正是由於感到過意不去。

魯巴索性天一亮就起床，並叫醒了住在隔壁的阿玖，吩咐他張羅一些物事。約莫一個時辰後，一切準備就緒，他才讓阿玖將偃師和柳兒請到他的房間。

柳兒一進來，就注意到桌上擺著一張莎草紙，立刻好奇地湊過去。只見莎草紙上畫了一條蜿蜒的河流，周圍點綴一些象形文字和陌生的符號。「你畫的是尼羅河嗎？」她問。

「沒錯。」魯巴抬起頭，露出明顯的疲態，「我想給你們介紹一下埃及的歷史，對接下來的工作會有幫助。」

「太好了，我們洗耳恭聽。」偃師一邊說，一邊坐了下來。

「埃及的歷史可以追溯到幾千年前。」魯巴的手指在地圖上輕輕劃過，「起初，它並不是統一的國家，而是分為上埃及和下埃及兩部分。」

「是不是跟我們的黃河上下游概念相似？」柳兒舉手發問。

魯巴微微一笑：「很好的聯想。下埃及位於尼羅河的下游，主要是肥沃的三角洲地區。」他在地圖北部畫了個小圈，「而上埃及，則擁有南部這一大片區域。」

「上埃及和下埃及，是什麼時候合而為一的？」偃師問。

魯巴不假思索答道：「兩千一百多年前。從此以後，雖然經過許多次的改朝換代，埃及始終是個統一的王國。」

「改朝換代？類似周朝取代商朝那樣嗎？」柳兒好奇地問。

魯巴想了想：「有些類似，不過更頻繁。兩千多年來，埃及經歷了二十次的改朝換代。」

偃師露出欽佩的眼神：「魯巴兄，你怎麼對埃及的歷史如此瞭解？」

「我從小就對歷史感興趣，尤其是自己國家的歷史。」魯巴的眼神變得深邃，彷彿正在穿越時空，「每一座神廟，每一座陵墓，都蘊藏無數的秘密。」說到這裡，他突然嘆了一口氣，「不過，直到最近我才知道，某些埃及歷史可能被人抹除，或是篡改過。」

「這怎麼可能？」偃師和柳兒異口同聲。

魯巴搖了搖頭，一臉嚴肅道：「此事說來話長，現在，我們還是言歸正傳吧。」他故意頓了一下，「當今的埃及，情況有些特殊。雖然形式上依然統一，實際上，又出現了某種程度的分裂。」

見到兩人疑惑的神情，魯巴連忙解釋：「我的意思是，如今這個朝代，下埃及由定都塔尼斯的法老統治，而上埃及則由常駐底比斯的阿蒙大祭司掌控。雖然大祭司名義上仍舊效忠當今的法老，實際上，他的權力幾乎等同另一個法老。」

「阿蒙大祭司？是什麼樣的人物？」偃師追問。

「阿蒙是埃及最重要的神，而阿蒙大祭司是祂在人間的代言人，他不僅是宗教領袖，還握有巨大的政治和經濟實力。」然後，魯巴又補了一句，「阿蒙祭司團勢力之強大，外人實在難以想像。」

「讓我聯想到了我們前朝的貞人集團。」柳兒道。

魯巴板起臉孔：「我來舉個例子，幾百年前有一位法老，曾經傾舉國之力，廢除了阿蒙神的崇拜，改為獨尊阿頓神。」

「他具體做了些什麼？」偃師好奇地問。

「為了達到這個目的，這位法老甚至將都城遷離底比斯，在中埃及建立了一座新都。某種程度上，這可說是從多神信仰轉向一神信仰的嘗試。」

「敢情埃及也出現過一神教，我倒是第一次聽說！」柳兒訝異道，「對了，阿蒙神和阿頓神究竟有什麼區別？」

魯巴沉思片刻後答道：「阿蒙被埃及人視為眾神之王，而阿頓則是太陽的化身。」

「這麼說的話，阿蒙神似乎略勝一籌。」柳兒做了個慧黠的結論。

「或許正是這個原因，那位法老的努力最終付諸流水。在他駕崩後，阿蒙崇拜很快就恢復了。」魯巴的聲音帶著一點感慨。

「信仰的演變，往往是人心的反映。」柳兒語重心長地說。

「好了，我們擱下這個例子，繼續討論目前的埃及。」魯巴的手指再次落在地圖上，「塔尼斯雖然是當前的首都，但要查閱官方歷史文獻，就必須前往底比斯。」

「我們何時動身？」

「王船今天應該能準備好，我們明天一早就出發。底比斯距離這裡不算近，這將是一段漫長的旅程。」

## 2

尼羅河猶如一條蜿蜒的金帶，在烈日下閃爍耀眼的光芒。魯巴、偃師和柳兒，再加上匠人公會的阿玖，正乘坐王船緩緩接近底比斯。這座古老的城市橫跨尼羅河兩岸，在地平線上勾勒出一道雄偉的輪廓。

魯巴享受著拂面的微風，心中充滿期待，卻又夾雜些許不安。「看哪，」他突然指向前方，聲音中有幾分激動，「那就是底比斯，所謂的百門之城。」

傴師和柳兒舉目望去，只見一座座高大的神廟矗立河岸，一個個尖頂在陽光下閃耀神秘的光芒。

「底比斯的歷史可追溯到埃及王國建立之初，」魯巴聲音中帶著敬畏，「它曾是埃及的政治和宗教中心，歷經無數朝代的興衰。每一根石柱，每一座雕像，都在訴說這座城市的輝煌過往。」

船隻漸漸靠近東岸，眼尖的柳兒注意到這裡比對岸更繁華、更熱鬧。市集的喧囂聲隱約可聞，空氣中飄散著各種香料和水果的氣味。

「東岸是活人的城市，」魯巴開始解說，「這裡有王宮、市集和平民的住宅。你們看，那些高大的方尖碑，上面刻滿象形文字，記錄了歷代法老的豐功偉績。」

不過，西岸那些莊嚴的建築卻更吸引柳兒的目光。那些建築顯得更加宏偉，卻帶有一種神秘而肅穆的氣息。

「西岸則是亡靈的城市，」魯巴接著說，「那裡有無數的陵墓和祭祀場所。埃及人相信，太陽的東起西落象徵生命的循環，所以習慣將亡者葬在西岸。」

王船靠岸後，四人正式踏上底比斯的土地。傴師和柳兒興沖沖地環顧四周，眼前的一切都讓他們感到新奇。這裡似乎充滿歷史的沉澱，他們邁出的每一步，都像是穿行於時光迴廊中。

「你看那些巨大的雕像！」傴師指向神廟前的巨型法老像，聲音因興奮而略微發顫。

「你看那些牆上的彩繪！如此鮮艷，像是剛完成的一樣。」柳兒眼中閃著光芒，「這些顏料是用什麼做的，竟然能不畏時間的考驗？」

魯巴笑看兩人的反應，心中閃過幾分驕傲。「的確，底比斯是一座令人驚嘆的城市。」他頓了頓，忽然皺起眉頭，「不過說來慚愧，雖然我曾是埃及的首席建築師，對這座城市卻不太熟悉。」

「為什麼？」柳兒感到不解。

魯巴嘆了一聲，表情變得耐人尋味。「如我所說，當今法老的權力，僅限於下埃及。」

「所以呢？」偃師追問。

「而底比斯屬於上埃及，所以，身為首席建築師的我，雖然曾在附近的帝王谷修築王陵，卻少有機會來到底比斯城內。」魯巴顯得有些遺憾，「這座城市對我而言，可說處處透著陌生。」

一直保持沉默的阿玖，這時補了一句：「會長總是在工地紮營，和匠人們打成一片。」

四人邊走邊談，穿過了一條條熙熙攘攘的街道。周圍的市集人聲鼎沸，充斥了各種氣味，魯巴看著眼前既熟悉又陌生的景象，心中湧起一陣複雜的情緒。

「我們在這裡該如何行動？」柳兒突然問。

魯巴一本正經地說：「只有在下埃及，我們方能享有法老恩賜的特權。現在來到上埃及，一切要靠我們自己了。」

「這會給我們的調查帶來阻礙嗎？」偃師眼中閃過一絲憂慮。

「有此可能，所以我們必須小心行事，而且要把握每一個機會。」魯巴低聲承認，「還有，記住，千萬別洩漏我們來這裡的真正目的。」

不久，四人來到一座高大的方尖碑旁，流連了好一陣子。遠處，神廟的鐘聲悠揚響起，彷彿試著呼喚遙遠的過去。

「明天一大早，」魯巴眼中閃爍堅定的光芒，「我們就去正式拜訪卡納克神廟。那裡不僅是宗教中心，也是官方文獻的收藏處，保存了最完整的歷史記錄。」

在逐漸降臨的暮色中，四人都對明日充滿了期待。

## 3

卡納克神廟巍峨壯觀，宏偉的石柱和巨大的雕像在晨曦中投下長長的陰影。四人緩步走進這座古老的建築群，很快便有一位身穿華麗長袍的侍從朝他們走來。

魯巴趕緊囑咐：「大家留意，別一不小心說溜了嘴。」

「你打算用什麼藉口？」偃師低聲問。

此時侍從已來到近前，魯巴只來得及對偃師做個眼色，便主動向侍從說明來意：「我是前朝的首席建築師，懇請求見大祭司。」

侍從隨即入內通報，魯巴這才好整以暇道：「我已經想好了，就說我們是來研究埃及古代的建築技術。」他微微一笑，「這個理由既不會引起懷疑，又能讓我們自由查閱各種文獻。」

柳兒點頭贊同：「這個理由很好，十分符合你的身份。」

不久侍從便來回話：「大祭司正處理要務，請諸位耐心等候。」

「可否請你指引石柱廳的方向？」魯巴立刻想到打發時間的好辦法。

於是在侍從引導下，四人來到了鼎鼎大名的石柱廳。這個擁有一百三十四根石柱的空間好似一座巨大迷宮，每根石柱的高度都超過四十肘，上面刻滿象形文字和五花八門的圖案。

「這些石柱真是太壯觀了！」柳兒仰頭觀察其上的精美雕刻，忍不住發出讚嘆。

「這裡的石柱，每根都經過精確的設計和計算，既要確保建築的牢固，又要營造壯觀的視覺效果。」魯巴以專家的口吻解說。

「我認為除了視覺效果，這十六排石柱的排列，似乎還暗藏著深奧的規律。」偃師顯得若有所思。

阿玖則感嘆：「如果不是有任務在身，我真想花上一年的時間，一根根石柱好好研究一遍。」

四人邊走邊聊，沿著迂迴的通道逐漸深入。走著走著，石柱群似乎幻化為一座森林，將他們包圍其中。偶爾會有祭司或侍從快步經過，腳步聲在空曠的大廳迴蕩，增添了幾分神秘感。

「看這裡！」柳兒指著一根石柱，「他應該是個偉大的法老。」她仔細審視那件精美的浮雕，「我猜，每根柱子都有不同的故事。」

魯巴點頭表示同意：「埃及人確實喜歡在建築上記錄歷史，可以說，這間石柱廳無異於一本立體的史書。」

這時，偃師發現了一個十分特別的浮雕。「這是建造金字塔的場景！」他興奮地說，「你們看，工匠們正在搬運巨石，用到了一種複雜的滑輪裝置。」

四人開始專心研究那幅耐人尋味的浮雕，不知不覺神遊到千百年前，直到侍從的聲音將他們拉回現實。

「尊敬的魯巴大人，請跟我來。」侍從恭恭敬敬道。

魯巴點頭致謝，然後轉向同伴道：「請你們在這裡稍候，我去覲見大祭司。」

偃師和阿玖點了點頭，柳兒則警覺地站在一旁，留心周圍的動靜。

魯巴跟隨侍從穿過幾道走廊，來到了接見廳。陽光從高處的窗戶斜射進來，在地面形成神秘的圖案。大祭司坐在一張鑲金的椅子上，頭上戴著象徵權威的高冠。雖然已經上了年紀，他的雙眼依舊炯炯有神，目光則銳利無比。

「歡迎，魯巴大師，」大祭司的聲音生硬而冷淡，好似來自地底深處，「不知你此次造訪，有何貴幹？」

魯巴行了一個大禮，然後根據精心擬定的腹稿，開始照本宣科：「尊敬的大祭司，我正在進行關於古代埃及建築技術的研究，希望能查閱一些古老文獻，以助研究之需。」

大祭司皺起眉頭，雙眼緊盯魯巴，以十分為難的口吻道：「你應該瞭解，此地的文獻庫並不對外開放。」

聽到這樣的回答，魯巴連忙提醒自己保持冷靜，千萬不要輕易放棄。「我完全理解，」他誠懇地說，「可是，身為先王的首席建築師，我希望繼續為埃及的建築工藝做出貢獻。我目前正在進行的研究，有可能產生革命性的影響。」

大祭司考慮良久，終於再度開口：「好吧，我請塞特姆祭司幫你們安排。」

## 4

離開接見廳後，魯巴被帶到一間庫房。他先是聞到一股香料和莎草紙交織的氣息，然後才正式見到塞特姆祭司。

塞特姆是個中年男子，身材瘦高，臉上帶著若有似無的笑意，給人一種城府頗深的印象。魯巴不由自主提高警覺，接下來，必定有一場鬥智的遊戲。

「魯巴大人，」塞特姆躬身道，「聽說您想查閱神廟中的文獻？」

魯巴盡可能保持鎮定，以無比誠懇的口吻道：「是的，塞特姆祭司。我正在研究埃及的古代建築技術，希望能從古老文獻中獲得一些啟發。」說罷，他已開始思考如何回答對方的質疑。

塞特姆笑得更加燦爛，口氣卻轉趨刻薄：「哦？據我所知，大人曾經是埃及的首席建築師，難道還有什麼您不知道的？」

雖然明知對方故意刁難，魯巴卻不動聲色地答道：「正因為擔任過那個職位，我才體認到吾輩對古代技術的瞭解多有不足。」他頓了一下，目光掃過庫房內堆積如山的卷軸，「每一次翻閱古籍，都讓我對古人的智慧驚嘆不已。」

「那麼，大人具體想查閱哪個時期的文獻？」塞特姆射出尖銳的目光，像是要看穿魯巴的內心。

魯巴心中一凜，擔心這個問題暗藏陷阱。定了定神後，他決定以不變應萬變：「目前，我正在研究雅赫摩斯王朝的建築技術。」

「雅赫摩斯王朝？」塞特姆的聲音透著幾分揶揄，「那至少是三百年前！只怕那些文獻不是損毀，就是遺失了。」

魯巴不慌不忙地回應：「正是這樣，我才更加渴望一睹這些珍貴的文獻。即便只有斷簡殘篇，對我而言也是無價之寶。」他流露出懇求的眼神，「塞特姆祭司，您一定明白保存這些知識的重要性。」

塞特姆陷入沉默，似乎是在心中權衡利弊。庫房內的氣氛變得凝重無比，只有遠處傳來的祈禱聲依稀可聞。「好吧，」他終於妥協，「我可以破例讓你們進入文獻庫，不過，只能給你們七天的時間。」

「七天？祭司大人，這點時間恐怕遠遠不夠……」

「七天後，就到了祭祀日。到時候，文獻庫要封閉淨化，任何外人都不得入內！」

聽到這個理由，魯巴知道多說無益，只好點頭答應。「好的，我能理解。七天，我和同伴會好好把握。」與此同時，他在心中暗自吶喊：七天的時間，真的夠嗎？

塞特姆露出勝利的笑容：「那麼，祝你們研究順利。明天早上，我會安排專人領你們進文獻庫。」

於是魯巴帶著一臉的凝重，離開了塞特姆的庫房，一路向石柱廳走去。不久，他便看到偃師、柳兒和阿玖迎了上來。

「怎麼樣？」柳兒急切地問。

魯巴嘆了一口氣：「我只爭取到七天。」

「七天？」偃師驚呼，「這麼短？」

魯巴以堅毅的口吻答道：「是的，所以我們必須把握時間。大家今天先做好準備，明天一早就開始工作。」他頓了一下，「總之，我們絕不能空手而歸！」

柳兒為了提振士氣，故意打趣道：「我看七天足夠了，據說耶和華創造天地和萬物，也只用了六天而已。」這句話果然把大夥逗樂了。

走出神廟後，魯巴望著遠方的地平線，心中只有一個念頭：接下來的七天，將是一場與時間的激烈競爭。

## 5

卡納克神廟的文獻庫內，空氣中滿是陳舊莎草紙的氣息，混合著淡淡的香料味。魯巴、傴師、柳兒和阿玖分散在不同的角落，一刻不停地翻閱堆積如山的古老卷軸。油燈的微光在牆壁上映出搖曳的光影，好似在訴說這些文獻的悠久歷史。

魯巴捧著一卷泛黃的莎草紙，他的眼睛早已痠痛乾澀，但依然專注地掃視一行又一行的象形文字。「時間過得真快，」他喃喃自語，「已經過去大半天了。」

傴師抬起頭，額頭上沁出細密的汗珠。「魯巴兄，我找到一些關於建築的記載，但是……」他揉了揉眼睛，顯得有些尷尬，「我連最簡單的字彙都看不懂，只能根據插圖來辨識。」

魯巴放下手中的卷軸，走到傴師身邊，拍了拍他的肩膀。「沒關係，老弟，你已經盡力了。」他露出感激的眼神，「能找到有關建築的文獻就很有幫助，至少讓我們的藉口不至於穿幫。」

這時柳兒從另一側走過來，手裡抱著一疊莎草紙。她的長髮有些凌亂，臉上沾了些灰塵，但雙眸明亮依舊。「這是我剛整理好的文獻，全部按照年代排列。不過，」她似乎有些氣餒，「雖然我聽得懂埃及語，但閱讀這些聖書體卻是另一回事。」

「你們兩人的工作都很重要，」魯巴真誠道，「沒有你們的幫助，我和阿玖根本無法在這麼短的時間內檢視這麼多文獻。」他吁了一口氣,「我們是一個團隊,每個人都不可或缺。」

阿玖從一堆卷軸中抬起頭,一副蓬首垢面的邋遢樣,唯獨雙眼仍炯炯有神。「會長,我找到一些四百年前的軍事文書,不過,似乎都是例行巡邏的報告。」

魯巴「嗯」了一聲,表情變得更加嚴肅。「很接近了,繼續努力。要特別留意大規模的人口遷移,或是行軍布陣的記錄。記住,任何細節都可能是關鍵。」

如此一天又一天,四人廢寢忘食地投入工作。每天破曉時分,他們就來到文獻庫,直到深夜才拖著疲憊的身軀回到客棧。偃師和柳兒雖然無法直接閱讀文獻,但他們盡可能從旁協助,包括搬運和整理那些脆弱的卷軸,以及輪流在門口放哨,提防可能的監視。

三天後,他們的身體開始出現不適。其中又以阿玖最明顯,他不停地咳嗽,幾乎沒有停過。

「你還好嗎?要不要回去休息?」魯巴關切地問。

阿玖以沙啞的聲音答道:「沒事,可能只是受了涼。」說罷,他又忍不住猛咳起來。

偃師摸摸阿玖的額頭,又替他把了脈。「依我看,並不是外感風寒,而是這裡的灰塵和霉味作祟。」

「有辦法緩解嗎?」柳兒問。

偃師答道:「最好的辦法,就是讓阿玖休息一天。還有,從現在開始,我們三人也得用方巾掩住口鼻。」

第二天，在阿玖缺席的情況下，他們的工作效率幾乎打了對折。幸好經過一天一夜的休養，阿玖已經大致恢復，次日便回到工作崗位。

這天傍晚，當最後一縷陽光從窗台消失時，阿玖發出一聲低呼：「我好像有了發現！」其他三人立即圍了上來，心中充滿緊張和期待。阿玖指著手中的莎草紙，激動地說：「看，這是一份行軍記錄。」

魯巴低下頭，微微瞇起眼睛，手指輕輕撫過那些古老的文字。突然間，他的表情不變。「這……這是一支大軍從底比斯北上的記錄。」魯巴又驚又喜，「雖然沒有提到以色列人，但是這個年代，以及部隊的規模，都相當符合我們的推測。」

柳兒開始整理腦海中的知識：「根據以色列人的歷史，法老最初同意讓摩西帶領族人離開埃及……」

「後來卻又反悔了，」魯巴接過話頭，「於是派大軍去追趕他們。」

阿玖使勁點頭，露出欣喜的笑容。「那就沒錯了！這份文獻記載的，應該就是那支追兵的行軍路線。」

四人對望了好一陣子，都從對方眼中看到興奮和希望，過去幾天的疲憊和沮喪瞬間飛到九霄雲外。

「快，我們需要將這份文獻仔細記錄下來。」魯巴道，「阿玖，你來唸，我來記。」

不料這個時候，門外突然傳來腳步聲。「大家冷靜！」魯巴迅速藏好那卷莎草紙，裝作在專心研究建築圖紙的樣子。他明顯心跳加速，表面上卻依然保持鎮定。

不久，塞特姆祭司出現在大家面前。他的目光在庫房內掃了一圈，最後落在魯巴身上。

「魯巴大人，希望您已有所收穫。」塞特姆口是心非道。

「非常感謝您的關心，塞特姆祭司，這幾天的研究確實讓我獲益良多。」魯巴的聲音平穩如常，心臟卻在怦怦狂跳。

「我來，是要提醒你們，」塞特姆道，「明晚就是最後的期限，請你們務必把握時間。」

聽到這句話，魯巴總算鬆了一口氣，堆滿笑容道：「多謝提醒，其實，我們的工作今晚就能結束。」

塞特姆瞪大眼睛，不發一語，轉頭便走了出去。

望著這位祭司的背影，魯巴打趣道：「還是我們的柳兒有先見之明，真的只要六天就夠了。」

柳兒笑道：「那麼，明天就作為安息日吧。」

## 6

夜幕籠罩這座古城，空氣中充斥尼羅河的潮濕氣息，混合著不知何處飄來的香料味。

魯巴等人聚在一間客房裡，個個臉上都流露出期待的神情。

桌上攤開一張莎草紙地圖，魯巴的食指正游移其上。他劃過一個又一個古老的地名，彷彿在觸摸歷史的脈絡。突然間，魯巴眼睛一亮，興奮地說：「這個行軍路線，和所羅門王告訴我的差異極大！」

「有多大差異？」柳兒好奇地湊近。

魯巴抬起頭，目光掃過其他三人。「根據所羅門王掌握的記錄，摩西過紅海的地點，是在西乃半島西側的蘇彝士灣。但是，這份行軍記錄卻明白顯示，軍隊一路來到了阿卡巴灣。」

「阿卡巴灣？」偃師問道，「在哪裡？」

魯巴索性將地圖掛到牆上，然後舉起油燈，盡量將地圖照亮。「讓我解釋一下西乃半島的地理。」他輕咳了一聲，「看，這座半島就像一個倒三角形。它的左邊是埃及，右邊是另一個更大的半島。」其他三人紛紛點頭，目光緊追著魯巴的手指。

「西乃半島的兩側各有一個狹長的海灣，」魯巴指向地圖上的兩個缺口，「西側的是蘇彝士灣，東側的是阿卡巴灣。兩者都是南端開口的狹長海灣，像是被刀劃開的兩個傷口。」他的描述生動而具象，讓人如同親眼見到壯闊的地理景觀。

阿玖湊近地圖，仔細觀察了一番。「會長剛才說，所羅門王原本認定摩西過紅海的地點在蘇彝士灣？」

「沒錯！可是，根據你找到的行軍記錄，情況似乎並非如此。」魯巴用手指在地圖上比劃出一條路線，「根據這份記錄，軍隊從底比斯出發，沿著尼羅河北上。然後，他們橫跨了整個西乃半島，最後抵達阿卡巴灣的西岸。」

柳兒露出恍然大悟的神情：「我懂了，這就意味著，摩西過紅海的真正地點可能是在阿卡巴灣。」

整個房間頓時陷入沉默，四人都在消化這個驚人的可能性。只有油燈的火焰輕輕搖曳，在地圖上投下跳動的光影。

「可是，」柳兒首先開口，聲音中帶著疑惑，「為什麼差異會這麼大？難道所羅門王的記錄有錯嗎？」

魯巴僅思考片刻，便一口氣道：「所羅門王的記錄來自口耳相傳的歷史，經過了幾百年，差錯在所難免。我們今天找到的這份軍事記錄，卻很可能是第一手資料。」

「那麼，接下來我們該怎麼辦？」阿玖問道。

「我們必須去阿卡巴灣實地考察一番。唯有親眼目睹那裡的地貌，甚至是水中的遺跡，我們才能確定這個推測是否正確。」魯巴的聲音透出堅定的決心。

「有道理，我同意。」偃師道。

魯巴又難掩興奮地補充：「或許，真是耶和華顯靈，讓大壩工程有了死灰復燃的機會。不過，我們至少要先有九成把握，才能將好消息稟告所羅門王。」

「問題是，」柳兒微微皺起眉頭，「根據這張地圖，蘇彝士灣整個屬於埃及，而阿卡巴灣卻是國界。如果要在阿卡巴灣兩岸進行考察，一定會牽涉到外交問題。」

魯巴毫不猶豫地說：「所以，我們需要再次求見法老，向他解釋我們的新發現。不過這回，我們必須吐露更多實情，包括關於摩西的傳說。」

柳兒點頭表示贊同：「既然找到了確鑿證據，我相信法老會理解這個情況。」

魯巴鄭重其事道：「就這麼辦，明天一早，我們就動身返回塔尼斯。」

夜色已深，底比斯的喧囂漸漸平息，但在這間小小的客房裡，四人的內心仍舊澎湃不已。

# 7

尼羅河的水面波光粼粼，一行人乘著王船順流而下，漸漸遠離了古城底比斯。站在船頭的魯巴凝視遠方，思緒百轉千迴。

微風帶來一絲涼意，也帶來了河水和蘆葦的氣息。「我們真有必要再去見一次法老嗎？」阿玖輕聲問，似乎是在擔心法老不會批准他們的計畫。

魯巴轉過身，以堅定的口吻說：「是的，必須這麼做。唯有得到法老的支持，我們方能在西乃半島順利展開工作。」

幾天後，塔尼斯再次出現四人眼前。又過了半天，他們已經來到王宮。

「沒想到你們這麼快就回來了。」法老普蘇森尼斯二世坐在王座上，神情略顯驚訝，「魯巴，發生了什麼事？」

「尊貴的法老陛下，」魯巴不疾不徐道，「我們在底比斯發現了一些線索，需要陛下提供額外的協助。」

「哦？」法老挑了挑眉，「說下去。」

於是，魯巴開始彙報他們在底比斯發現的軍事記錄，以及由此所做的種種推斷，還補充了關於摩西過紅海的傳說。直到最後，他才提到需要在阿卡巴灣兩岸進行實地考察。他的聲音平穩，內心卻緊張萬分，生怕一不小心引起法老的誤會。

「你們確定這份記錄可靠嗎？」法老聽完後，慎重地問道。

「回稟陛下，」魯巴萬分誠懇道，「這份官方檔案，是我們在卡納克神廟的文獻庫發現的。雖然誰也不能保證內容絕對正確，然而，這是目前我們掌握的最可靠的線索了。」

「西乃半島的阿卡巴灣……」法老喃喃自語，像是在權衡什麼利弊得失。

魯巴眼看法老即將做出決定，連大氣都不敢喘一口。

「好吧！看在我們多年交情份上，我支持你們的考察行動。」法老的表情似乎有點不自然，「我會吩咐下去，照會相鄰的國家，並派遣一隊士兵隨行。」

魯巴感到一股暖流湧上心頭，忙道：「感謝陛下的慷慨，魯巴感激不盡！」

「不過，你們要及時報告重要發現。」法老正色道，「畢竟，這個行動不但關係到埃及的歷史，也牽涉到我國與鄰國的邦誼。」

「陛下請放心，」魯巴鄭重承諾，「我們一定如實彙報。」

接下來幾天，塔尼斯城內顯得分外忙碌。在法老的命令下，物資迅速集結，士兵整裝待發。五天後，一個晴朗的早晨，考察隊在塔尼斯城門外集合完畢。

五十名訓練有素的埃及士兵列隊站立，旁邊的數十匹駱駝載滿了食物、清水和其他必需品。魯巴牽著一匹駱駝，站在隊伍最前方，身後依序是偃師、柳兒和阿玖。隨著一聲號角響起，這支浩大的隊伍開始向西乃半島進發，不久便消失在漫漫黃沙中。

# 8

阿卡巴灣的海風拂過眾人的臉龐，帶來幾分涼意和淡淡的鹹味。遠處的海浪拍打著岸邊，發出規律的聲響，彷彿大地的脈動。

魯巴站在一處高地，手持地圖仔細比對周圍的地形。海風吹跑了他的細麻布帽，他也顧不得撿拾，任它隨風飄向遠方。

「就是這裡了！」魯巴突然轉身，聲音異常興奮，「努韋巴，阿卡巴灣的中段。根據那份行軍記錄，當年摩西率領族人，很可能就是從這裡跨過紅海。」

偃師環顧四周，只見海面上白浪滔滔，近沙灘處有些海鳥正在覓食。「可是，這裡看起來和其他海岸沒什麼不同。」

「表面上是這樣，」魯巴點了點頭，「不過，我們仍然必須仔細探查。如果真發生過那樣的神蹟，或多或少會留下些線索。」

於是，在魯巴指揮下，考察隊開始了艱辛的搜索。他們分成幾個小組，一組沿著海岸線徒步尋找，另一組在沙灘上仔細挖掘，此外還有一組人員划著獨木舟，在淺水區進行打撈。

「注意任何不尋常的物件！」魯巴大聲提醒眾人，「比如金屬殘片，罕見的石塊或骨骼！」

日復一日，考察隊在熾熱的陽光下辛勤工作。十幾天後，他們的辛苦終於有了回報。

「魯巴大師！我們有重大發現！」一名負責打撈的士兵匆匆上岸，搶先向魯巴報告好消息。

不久，另外三位士兵來到魯巴面前，將那個「發現」親手交給他。那是一塊被海水嚴重腐蝕的金屬片，但上面的精美花紋仍隱約可見。魯巴小心翼翼拿在手中，感受著它的重量和質地。

「這……不是普通的金屬，」魯巴的聲音微微顫抖，「這些花紋，像是古埃及戰車上的裝飾。這片金屬，很可能就是當年埃及追兵的戰車殘骸！」

這個發現帶給考察隊極大的鼓舞。接下來的日子，大家更加賣力，陸續又有不少收穫，除了可能屬於戰車的金屬和木料，還有一些疑似人骨的骨骼。每一個發現，都讓他們距離真相更近一步。

等到收穫滿滿後，魯巴召開了一次總結會議，在會中正式宣布：「這些發現，雖然不能直接證明摩西過海的神蹟，但至少顯示在很久以前，確實有一支埃及軍隊來過這裡，並且可能遭遇某種災難。」

此外在這場會議中，魯巴還做了一個重要的決定：「我們要在這裡留下明顯的標記，萬一我們不再回來，後人也有機會知道這裡發生過重大事件。」

於是，在拔營之前，考察隊在阿卡巴灣兩岸各立了一根石柱。魯巴親手在石柱上刻下一段文字，記錄了他們的發現和猜測。

當時，他無論如何想不到，三千年後，兩根巨大的石柱依然屹立原處。

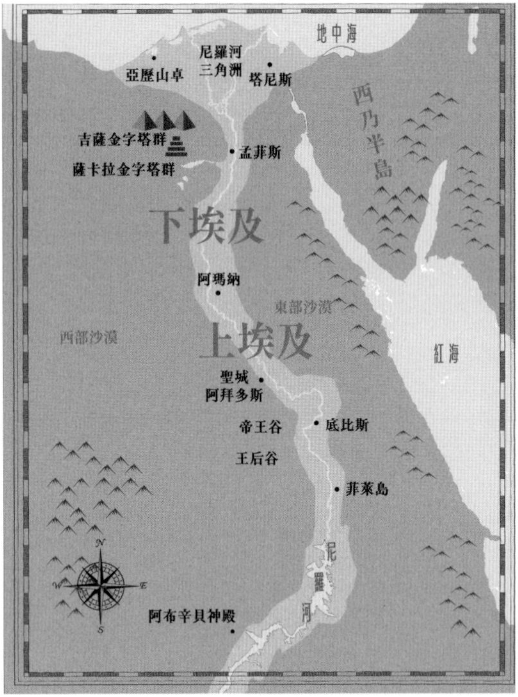


埃及全境

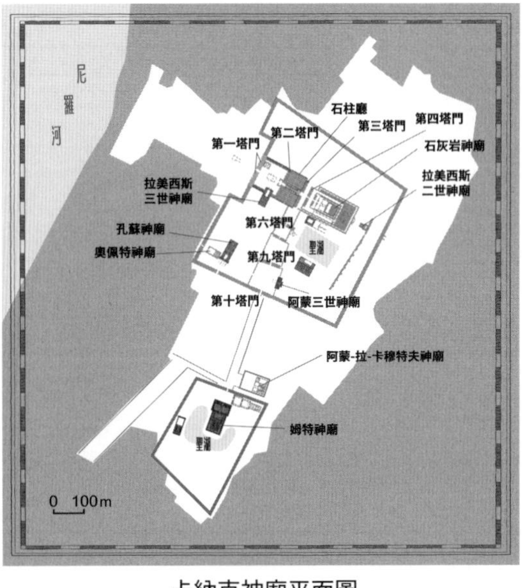


卡納克神廟平面圖

# 第十二章

# 巨壩

# 1

朝陽初現，魯巴已經站在議事廳外等候。他做了幾個深呼吸，感受著空氣中的涼意。然後，他整理了一下衣袍，做好覲見國王的準備。

議事廳的大門緩緩打開，傳來所羅門王富有磁性的聲音：「魯巴，我的朋友，進來吧。」

魯巴向國王恭敬地行了一禮。「陛下，我剛從埃及回來。」他的聲音有點激動，「有重要發現要向陛下報告。」

「說吧，我聽著。」國王上身微微前傾，顯得頗感興趣。

魯巴深吸一口氣，開始詳細彙報：「啟稟陛下，我們發現，摩西過紅海的地點，很可能不是蘇彝士灣，而是阿卡巴灣的中段，一個叫努韋巴的地方。」

所羅門王微微揚起眉毛，露出驚訝的眼神。「不在蘇彝士灣？這倒是出乎意料。你們是如何得出這個結論的？」

於是，魯巴詳細解釋了在底比斯發現的行軍記錄，以及在阿卡巴灣的考察結果，然後呈上那兒找到的一塊金屬碎片。國王聽得很認真，不時點點頭，但始終沒有打岔。

「不過，」魯巴的語氣急轉直下，「經過測量，我們發現阿卡巴灣的深度遠超過蘇彝士灣。若想在努韋巴附近建造水壩，會比原先的計畫更不可行。」

所羅門王猛然起身，快步走到窗前，背對魯巴道：「看來，匠人公會絕對不會因為這個發現，而改變之前的決定！」說罷，還深深嘆了一口氣。

「是的，陛下。」魯巴附和道，「不過，我並非只帶回這個壞消息。其實，我們還有另一個發現。」

所羅門王迅速轉身，瞪大眼睛問：「哦，什麼發現？」

「我們發現阿卡巴灣南端有一座小島，小島附近有許多淺礁，因此海水不太深，在那裡建水壩是可能的。更有利的是，我們能以這個島為起點，讓水壩向左右延伸，分別抵達兩岸。這樣等於建造兩個較短的水壩，工程難度將大大降低。」魯巴越說越興奮，不知不覺提高了音量。

所羅門王輕撫下巴，目光變得深邃，顯然是陷入了沉思。「確實是個很有希望的方案。但是，如果水壩建在那裡，要抽走的海水肯定多得多吧？」

魯巴點頭承認，帶著幾分心虛道：「回稟陛下，確實如此，所以我不敢說這是好消息。不知陛下的……秘術，能否處理如此規模的水量？」

所羅門王突然笑了起來，笑聲中充滿自信。「魯巴，我的朋友，看來你對我在神秘學上的修為，顯然沒什麼信心！」國王走到魯巴面前，拍了拍他的肩膀，「我向你保證，無論需要排走多少海水，都不成問題，你負責建水壩就好。」

魯巴頓時重新燃起希望，向國王深深鞠了一躬。「那麼，陛下，我將盡速召開十宗會，討論這個新方案。」

「很好，」所羅門王朗聲道，「去吧，我期待一個不折不扣的好消息。」

三天後，魯巴再次站在所羅門王面前。

「怎麼樣？」國王迫不及待地問。

魯巴微微一笑，露出勝利的表情。「恭喜陛下，十宗會通過了委託案。」

「太好了！」所羅門王喜形於色，笑容如陽光般燦爛。然後，或許是出於好奇，國王又追問：「對了，是全票通過嗎？」

魯巴搖了搖頭：「不，陛下，是六比五險勝。」

聽到這個答案，這位智慧之王不禁露出困惑的表情。「等等，十宗會不是由十位宗匠組成嗎？怎麼會有六比五這樣的票數？」

魯巴連忙解釋：「回稟陛下，其實，原本的票數是五比五平手。根據十宗會的議事規則，在這種情況下，會長必須加入投票，以便分出一個勝負。所以，最終的結果是六比五。」

所羅門王恍然大悟：「原來如此！魯巴，你做得好。」國王眼中閃過一絲欣慰，「現在，讓我們正式開始籌備這個偉大的工程吧。」

魯巴顯然已有規劃，立時答道：「接下來的準備工作，首要之務是外交上的溝通協調。阿卡巴灣兩側，分別屬於埃及和依東王國，請陛下委派精明幹練的外交官，出使這兩個國家，取得兩國的正式同意。」

所羅門王笑了笑，露出狡黠的眼神。「精明幹練的外交官，我朝要多少有多少！不過我覺得，由你負責這項任務，會比再精明、再幹練的外交官都更適合。」

魯巴張大了嘴，卻怎麼也說不出話，他萬萬沒想到國王會做這種決定。

見到魯巴啞口無言，所羅門王改以安撫的口吻道：「你要相信本王看人的眼光。這樣吧，我派三位最精明幹練的外交官，當你的助手如何？」

魯巴吁了一口氣，然後堅定地答道：「明白了，陛下，屬下一定不負重託。」

所羅門王滿意地笑了笑：「很好，魯巴。去吧，為我們的夢想奮鬥吧！」

## 2

微風輕拂，帶來橄欖園的清香氣味。魯巴站在王宮的露台上，遙望遠方的地平線。夕陽餘暉灑滿他一頭一臉，為他深邃的眼眸添上一抹光彩。

他已經站了不知多久，心中一直在盤算這項艱巨的任務。建造一座橫跨阿卡巴灣的大壩，不僅是工程上的挑戰，還是一場複雜的政治博弈。

「魯巴大人，」身後傳來外交官恭敬的聲音，打斷了他的思緒，「埃及使者已經抵達，正在大廳等候。」

魯巴轉過身，微微點頭道：「我這就來。」他整理了一下衣袍，準備迎接這場關鍵的談判。

大廳內，埃及使者奧索孔端坐在客位。他身穿華麗的埃及長袍，頭戴象徵權威的高冠，整個人散發一種貴族特有的氣質。看到魯巴進來，他立即起身行禮：「魯巴大人，別來無恙。」

魯巴回禮道：「奧索孔大人，久違了。」

兩人寒暄幾句後，魯巴直接進入正題：「所羅門王希望在阿卡巴灣南端建造一座大壩。這是一項福國利民的工程，不知埃及方面有何看法？」他的聲音平穩而堅定，眼神中流露出真誠的期待。

奧索孔沉思片刻，答道：「魯巴大人，阿卡巴灣雖然位於西乃半島，但我必須確認，這項工程不會給埃及本土帶來任何負面影響。」

早有準備的魯巴微微一笑，流暢地答道：「我方充分理解埃及的顧慮。事實上，這座大壩只會為埃及本土帶來益處。」他從懷中取出一卷羊皮紙，「請看，大壩上會修建一條寬闊的道路，這將大大便利埃及與依東的貿易往來。此外作為回饋，我們計畫在大壩附近興建一座港口，作為埃及商船的補給站。」

奧索孔的眼睛亮了起來，但他依然抱持謹慎的態度。「這確實是個誘人的前景。不過，還需要考慮環境方面的影響。請問，大壩的建設會不會影響紅海的生態？」

魯巴回報了一個讚賞的眼神：「大人的顧慮很有道理。我們已經邀請埃及和以色列的頂尖學者做過詳細研究，大壩的建設對紅海的生態影響極小。另一方面，附近地區可能因此出現更多雨水，有利於農業的發展。」

經過這番口舌交鋒，奧索孔終於點頭：「魯巴大人的遠見令人佩服。我會向法老陛下據實稟報，相信法老會同意這項計畫。」

送走埃及使者後，魯巴正想鬆一口氣，依東王國的使者卻提前造訪，對大壩的建設提出強烈反對。

「魯巴大人，」使者顯得憤憤不平，「阿卡巴灣是我國的重要出海口，這座大壩會嚴重影響我們的海上貿易！」

「尊敬的使者，請允許我解釋。」魯巴沉著應對，「這座大壩非但不會阻礙貴國的貿易，反而會帶來新契機。我們計畫在大壩上修建寬闊的道路，換句話說，讓大壩成為一座橋樑。」

他頓了頓，繼續以平和的口吻道：「依東商人將會多了一條直接通往埃及的陸路，大大縮短運輸時間和成本。」

依東使者的表情稍稍緩和，但他顯然還有所顧慮。「可是，如何保證通行權？我有理由擔心，埃及或以色列會藉此控制我國的貿易。」

魯巴微笑道：「請放心，我們可以簽訂一份三方協議，保證依東商人的自由通行權。此外，我們還計畫在大壩附近興建一座自由港，為依東商人提供更多的商機。」

藉著這番巧妙的遊說，魯巴總算達到目的。依東使者的態度軟化了，同意協助魯巴說服依東國王。

然而，問題並未就此結束。得知大壩計畫後，當地漁民群情激憤，他們認定大壩會破壞漁業，影響他們的生計。

魯巴一時之間也束手無策，漁民的擔心不無道理，而且這是個無解的問題。正當他絞盡腦汁尋找替代方案時，柳兒靈機一動：「所羅門王不是富甲天下嗎？或許能用金錢來補償漁民的損失？」

魯巴眼睛一亮：「妙極！我這就去請示。」

所羅門王立即應允：「就按你說的辦，給每戶漁家足夠的補償金，讓他們轉行或遷居。」國王露出激賞的神色，「魯巴，本王沒看錯，你的外交手腕著實不凡。」

如此這般，當魯巴將外交才能充分發揮後，大壩建設的政治障礙便一一消除了。等到最後一個問題也獲得解決，他終於能舒一口氣。

「接下來，」魯巴喃喃自語，「就是工程上的準備了。」他遙望遠方，彷彿已經看到雄偉的大壩矗立在海面上。另一方面，他也不忘提醒自己，真正的挑戰才剛剛開始！

## 3

掃除了政治上的障礙後，魯巴立即著手工程上的準備。他來到阿卡巴灣，站在海邊的帳篷前，開始在心中梳理千頭萬緒的工作。海風拂過他剛毅的臉龐，帶來一股又一股鹹腥的氣息，好似在提醒他即將面臨的無數困難。

這回，工程總監由最年輕的迪姆迪宗匠擔任，他一向很支持魯巴，因此在十宗會通過委託案後，他便自動請纓擔任總監一職。「人力方面，已經集結了相當可觀的隊伍，」迪姆迪向魯巴報告，「匠人公會全員到齊，再加上以色列和埃及派來的工兵，應該足以應付這項龐大的工程。」

魯巴點了點頭，目光掃過來自四面八方的工匠。他們有的在搬運工具，有的在進行測量，場面熱鬧卻有條不紊。「你該知道，光有人手還不夠，」魯巴提醒道，「我們還需要大量的建材，尤其是巨石。」

迪姆迪笑道：「請放心，我已有安排。莫戈！」他朝不遠處喊了一聲。

魁梧的莫戈快步走來，一身的肌肉在陽光下閃閃發亮。「會長，總監，請問有何吩咐？」

「莫戈大匠，請你盡快率隊去附近探勘，尋找合適的石材。」迪姆迪道，「記住，我們需要的是堅硬且耐水的巨石。」

莫戈點頭領命，隨即轉身快步離去，似乎巴不得今天就完成任務。

目送莫戈離去後，魯巴轉向大海，指著遠處一座若隱若現的小島。「看到了嗎？那就是蒂朗島。大壩將以它為支點，向兩岸延伸。」

迪姆迪使勁點頭，流露出敬佩的神色。「會長果然眼光獨到，從這座島出發，確實能大大降低工程的難度。」

「我還打算用這座島當大本營。」魯巴補充道，「請你負責在島上建造一座堅固的石屋，我們需要一個能抵禦風浪的指揮中心。」

迪姆迪立即著手安排，既迅速又有效率，顯示出豐富的工程經驗。

幾天後，魯巴站在蒂朗島上，一股自豪感不禁油然而生。石屋已經粗具雛型，工匠們正準備建造碼頭和儲物倉庫。

「會長，」一名大匠匆匆跑來，臉上滿是汗水和灰塵，「我們完成了詳盡的海底測量，發現……發現大壩預定地點的海床有深有淺，並非全部是淺礁。」

魯巴眉頭一蹙：「的確是個大問題。」他一面說，一面構思解決方案，「看來，我們必須先將作為地基的巨石，準確放置到定位。」

「但是，海底施工要如何進行呢？」一旁的偃師問道，「無論如何，要有人在水下監看吧？」

魯巴靈光一閃，偃師的創造力正是解決這個問題的關鍵。「你能否設計一種設備，讓工匠能在水下工作？」

偃師思考了一會兒，便眼睛一亮，興奮地說：「理論上可行！我可以設計一種類似大甕的裝置，裡面灌滿空氣，然後用重物將它拉到海底。匠人們在裡面能正常呼吸，又能通過透明的窗戶，觀察水下的情況。」

「好主意！」魯巴忍不住叫好，「請你立即著手設計，我們需要盡快解決這個問題。」

這時，恰好莫戈也率領探勘隊回來了。他的皮膚曬得黝黑，身材似乎也消瘦不少。「會長，我們在附近一座山上發現了理想的石材。」

魯巴大喜過望：「好極了！立即組織人手開採。」他開始感受到計畫一步步實現的喜悅。

當天晚上，魯巴在蒂朗島的岸邊佇立良久。月光下，他依稀看到了那座大壩的輪廓。不過，他也心知肚明，在夢想成真之前，還有無數的艱難險阻有待克服。

「海水的深度、海底的地形、潮汐的影響……」魯巴喃喃自語，「每一個問題都可能誤了大事。」他的聲音帶有幾分憂慮。

但與此同時，在他內心深處響起了另一個聲音：化不可能為可能，正是匠人公會存在的意義！

## 4

朝陽初升，為波光粼粼的海面染上一層淡金色。海風輕拂，帶來一絲清新的氣息，像是在祝福這個重要的日子。

魯巴站在臨時搭建的指揮台，望著眼前準備就緒的人力和物力，心中不免充滿驕傲。

「開始吧！」他一聲令下，大壩工程便正式啟動。

頓時整個海灣似乎沸騰了。陸地上，數以千計的工匠如潮水般湧向工地；海面上，無數的木筏載著新近開採的巨石，緩緩駛向大壩的預定位置；岸邊，一排排的滑輪裝置開始運轉，發出有節奏的嘎吱聲。

海上的工匠齊心協力，將一塊塊沉重的石材從木筏吊起，再小心翼翼放入海中。每一塊巨石落水，都會激起壯觀的水花，好似在為眾人加油打氣。

偃師設計的「潛水甕」也在今天正式啟用。這個新奇的裝置類似巨型青銅鼎，最大的特色是頂部裝有透明的窗戶。幾名志願者鑽進這裝置，臉上都帶著既興奮又緊張的表情。潛水甕被吊車緩緩放入海中，隨即沉入海底，然後，志願者利用拉繂與海面聯絡，指揮巨石安放至正確位置。

海岸附近，站在木筏上的柳兒負責協調各個團隊，確保每個環節緊密銜接。她的聲音清脆而有力，輕易便穿透嘈雜的環境，為整個工地帶來良好的秩序。

這時，視察完畢的偃師回到指揮台，讚嘆道：「真是壯觀啊！魯巴兄，你確實不負眾望。」

魯巴微微一笑，正要開口，突然看到海上出現一陣騷動。一名潛水工匠慌忙浮出水面，大聲呼喊：「魯巴會長！海底有異常！」聲音帶著焦急和驚慌。

魯巴迅速搭船趕到現場，聆聽潛水工匠的彙報。原來，他們在海底發現了一處奇特的地形，那是個深不見底的狹長海溝，橫亙在大壩的預定路徑上。

「這可麻煩了，」魯巴面露難色，「倘若不能跨過海溝，整個工程勢必得重新規劃。」

就在這個時候，一艘小艇湊了過來，艇上的埃及士兵扯開嗓子報告：「大人，我們的小艇剛才拋錨停泊，意外發現了一股強勁的暗流，可能會影響大壩的穩定。」他臉上滿是汗水，顯然是划船使盡了全力。

「召集所有的核心成員，我們需要集思廣益。」魯巴沉聲道，「這兩個意料之外的發現，都可能成為整個工程的致命傷。」

不多久，魯巴、偃師、柳兒、迪姆迪等人皆已來到臨時指揮所。每個人都提出了自己的看法和意見，大家討論得非常熱烈。

「我認為，可以在海溝兩側建造支撐結構，」偃師建議道，「像架橋那樣跨過去。」

「至於暗流，」迪姆迪接著說，「或許能設計一種基礎結構，引導海流從底部通過，減少對大壩的衝擊。」

柳兒則照例發揮機智，提出一個跳出框架的想法：「何不乾脆利用這股暗流呢？若能將它巧妙引導，或許能幫我們清理海底的軟泥。」這個創新的構想引起了廣大回響。

認真聽取眾人意見後，魯巴毅然決然做出決定：「好，就照這麼辦。迪姆迪，你來修改大壩的基礎設計。偃師，你負責設計跨海溝的支撐結構。柳兒，你和莫戈研究如何利用暗流。我們要把這些障礙轉變成我們的優勢！」這番話，字字句句起著鼓舞人心的作用。

經過幾天的密集籌備，新方案順利出爐，工匠們紛紛展開行動。在海溝兩側，埋放了巨大的支撐樑；而在海底，特殊設計的基礎結構逐漸成形；暗流則被巧妙地引導，成為清理海床的得力助手。

「我們克服了第一道難關。」魯巴對同伴們說，「但我相信這只是開始，接下來，還會面臨更多的挑戰。」

眾人流露出堅定的神色，他們都充滿信心，堅信在魯巴領導下，沒有什麼困難是無法克服的。

## 5

半年後，在阿卡巴灣最南端，一座宏偉的大壩已然成形。魯巴站在粗具規模的大壩上，極目向北眺望，想像自己看到了摩西過紅海的確切位置。

「魯巴大人！」一名以色列士兵匆匆跑來，顯得興奮不已，「國王的大隊人馬抵達對岸了！」

魯巴不敢怠慢，立即派船迎接御駕。自開工以來，這是所羅門王首次親臨工地，魯巴固然十分期待，難免又有一點緊張。

傍晚時分，迎駕船隊緩緩靠岸，在侍衛護送下，國王踏上了蒂朗島的碼頭。魯巴等人上前行禮，這才見到國王身後還有幾名侍衛，吃力地抬著一個黑色的大箱子。

這箱子約莫一個人高，通體漆黑，表面刻滿古怪莫名的符號。在夕陽照耀下，那些符號閃爍奇異的光芒，給人一種既神秘又威嚴的感覺。

「沒想到陛下會蒞臨工地。」魯巴恭敬道，「我們事先未做準備，讓御駕久等，請陛下恕罪。」說罷，他不由自主瞥了瞥那個黑箱子。

所羅門王微笑道：「如此偉大的工程，我怎能不親自參加竣工禮？」他的目光掃過已經成形的大壩，「真是前所未有的成就！」

「陛下過獎了，」魯巴謙遜地說，「這都是團隊努力的結果。」他的目光再次落在那個神秘箱子上。

所羅門王猜到了魯巴的心思，露出一抹神秘的微笑。「魯巴會長，我需要在大壩上製作一個特殊的裝置。」

「請問什麼樣的裝置，陛下？」

「類似吊車的東西，」國王解釋道，「能夠吊起這個箱子，讓箱子緊貼大壩，懸掛在海面上。」

魯巴和身旁的傴師交換了一個眼色。「陛下，製作這裝置是……」魯巴不著痕跡地問。

所羅門王再度露出神秘的笑容：「還記得我提到的秘術嗎？」

魯巴這才恍然大悟：「原來如此，陛下所說的秘術，就藏在這黑箱子裡？」他明顯感到心跳加快了。

對於這個問題，所羅門王卻不置可否。「你們只要專心製作吊車就好，其他的事，時候到了自然會明白。」

一直在旁邊默不作聲的柳兒，此時忍不住開口：「陛下，能否冒昧問一句，這黑箱子裡裝的是什麼？」

所羅門王並未做出任何回應，但眼尖的柳兒注意到，國王的眼神轉趨嚴厲，暗示這個問題不宜深究。

當天晚上，魯巴、偃師和柳兒聚在石屋內，話題始終沒離開那個神秘的黑箱子。海風呼呼作響，為這個夜晚增添了幾分詭秘的氛圍。

「你們認為，箱子裡裝的到底是什麼？」偃師問道。

魯巴搖了搖頭：「我實在猜不透，這位國王的言行總是深不可測。」

這時柳兒突然冒出一句：「我最近花了些時間，研究以色列人的歷史。」此話一出，魯巴和偃師立刻豎起耳朵。

果然接下來，柳兒便有驚人之語：「剛才，我腦子冒出一個大膽的假設。那個黑箱子裡，裝的很可能是『約櫃』……」

無巧不巧，突然颳來一陣怪風，彷彿在呼應這個驚人的猜測。

## 6

「你是說，所羅門王將供奉在聖殿的約櫃，搬到這裡來了？」魯巴感到難以置信。

偃師則提出另一個問題：「你為什麼會猜是約櫃？」

柳兒深吸一口氣，開始娓娓道來：「因為我知道，根據《教誨書》的記載，約櫃曾在約旦河發揮截斷河水的神效。那也是四百年前的事，當時摩西已經過世，在他的接班人約書亞帶領下，以色列人正準備渡過約旦河，前往目的地迦南。」

魯巴和偃師聽得越來越入神，連呼吸都盡量壓低，生怕打擾了柳兒的敘述。

只聽柳兒繼續說道：「抬約櫃的四位祭司走在最前面，當他們剛踏進約旦河，上游的水便不再向下流，而是逐漸疊成一堆，就像疊羅漢那樣。於是，四位祭司抬著約櫃，站在乾涸的河床上，讓族人從他們身邊走過去。

「直到族人都過了河，四位祭司才繼續前進。當他們踏上河岸，約旦河立時又開始流動，很快便像先前那樣漫到岸邊。」

說完這個故事，柳兒下了一個簡單明瞭的結論：「所以，如果記載屬實，約櫃顯然具有控制水流的神秘力量。」

聽到這樣的結論，魯巴和偃師不約而同倒吸了一口涼氣。

「如果那箱子裡裝的真是約櫃，」魯巴若有所悟，「所羅門王的計畫就說得通了。他是想用約櫃的神力來排開海水！」

偃師卻有些保留，蹙著眉質疑：「但柳兒說的這個故事，只是以色列人的傳說罷了。我們怎麼能根據一個虛無飄渺的傳說，就推論那箱子裝的真是約櫃？」

柳兒以無可奈何的口吻道：「那箱子密封著，還有侍衛日夜看守，恐怕沒有任何辦法能證實或推翻我的猜測。而且，我想誰也不敢再去問國王了。」

魯巴沉默片刻，然後深思熟慮道：「咱們這麼瞎猜一通，根本毫無意義。我提議終止這個話題，繼續稱它『黑箱』就行了。」

偃師點頭表示贊同：「對，我們還是專注分內的工作吧。吊車的位置，最好盡早決定。」

魯巴站起身來，透過石屋的窗戶，望向即將完工的大壩。月光下，大壩的輪廓看來格外宏偉壯觀。「有道理，別忘了所羅門王才是委託人。無論『黑箱』是否真有神效，我們都該盡心盡力完成他的託付。」

接下來的日子，工地的氣氛變得更加緊繃，人人都感受到大功即將告成的壓力。魯巴和偃師率領眾工匠天天趕工，柳兒則負責協調各方的進度，確保一切都按計畫進行。

所羅門王每天都會登島視察，目光經常落在那個神秘的黑箱上。柳兒雖然對那箱子充滿好奇，但她謹記魯巴的囑咐，再也沒有提起這個話題。

日復一日，在魯巴領導下，工程團隊付出巨大的努力，克服了無數的技術難題。終於，大壩的外觀越來越完整，立在大壩西翼的吊車也逐漸成型。

在一個風和日麗的午後，魯巴正準備休息一會兒，一名大匠興奮異常地跑過來，高聲報告：「大壩和吊車裝置已經完成最後檢查，一切正常！」

魯巴猛吸一口氣，眼中閃現些許淚光。無論所羅門王的計畫能否成功，公會都已經完成了另一項偉大工程。這座大壩，將永遠改變阿卡巴灣的面貌！

## 7

次日，蒂朗島上晨曦乍現，所羅門王已身穿華麗的大祭司袍，神情莊重地站在臨時搭建的祭壇前。那袍子上繡滿金線，在朝陽照耀下閃閃發光，幾乎將國王整個人裹在光暈中。

所羅門王身後是一眾穿著白袍的祭司，他們手持各式祭祀用品，表情肅穆地靜候大祭司的指示。

不久，所羅門王緩緩舉起雙手，祭祀儀式正式開始。祭司們魚貫向前，將各種祭品擺放在祭壇上，包括潔白如雪的羔羊、上等的麵粉和橄欖油、芬芳的乳香和沒藥……

「全知全能的耶和華，」所羅門王高聲祈禱，威嚴而虔誠的聲音隨海風飄蕩，「求您垂聽僕人的祈求，顯現您的大能！」

祭司們開始吟唱聖詩，在一陣悠揚的歌聲中，所羅門王拿起盛滿香料的金香爐，在祭壇上方慢慢揮動，立時有裊裊青煙升起，似是要直達天際。

儀式進行了約莫半個時辰，所羅門王終於拿起金製的長刀，將羔羊獻祭；鮮血灑在祭壇上，象徵與神的立約。濃厚的宗教氣氛感染了在場每一個人，大家都不禁屏息靜氣，虔敬地等待神蹟的降臨。

祭祀結束後，所羅門王轉向魯巴，輕聲道：「是時候了。」

魯巴立即下令啟動吊車，將黑箱子緩緩吊起，移向海面。眾人目不轉睛地緊盯那箱子，連大氣都不敢喘一口。最後，箱子懸浮在海面上約五肘高，並沒有接觸到海水。

接下來好一陣子，似乎什麼也沒有發生，海面依舊風平浪靜。人群中開始傳出低聲的議論，顯然有人懷疑「秘術」是否真有其事。

這時，不知何處傳來一聲驚呼。眾人定睛一看，箱子下方的海水開始微微翻騰，彷彿有一隻大手正在海底攪動。這變化雖然細微，卻預示一種無形的力量開始甦醒。

漸漸地，翻騰的範圍越來越大，海面的動盪也越來越劇烈。只見波浪翻滾，水花四濺，好似不斷有隱形的重物落入海中。這些奇觀引來的目光越來越多，驚嘆聲也隨之此起彼伏。

「看！」柳兒指著遠處喊道，「大壩側面！」

眾人朝那方向望去，只見大量海水沿著大壩向上爬，一部分已經溢到大壩外側。與此同時，下方的海水變得像一鍋沸騰的熱油，不斷濺向大壩的邊緣。

海水翻騰的聲響越來越大，活脫海神發出的怒吼。隨著一串串吼聲，巨浪不斷拍打大壩，濺起的水花高達十數肘——凡是沾到大壩的水花，似乎盡數活了起來，開始迅速向上爬，一直爬到大壩頂端，然後消失在另一側。

人人都被這一幕震撼得說不出話來，但他們都隱約意識到，自己正在見證一個歷史性的時刻。

祭壇前的所羅門王則是張開雙臂，像是在擁抱這場壯觀的奇景。「耶和華，終於顯現了神蹟！」國王流露出狂喜的神情，聲音中充滿激動和敬畏。

魯巴冷眼旁觀這一連串變化，心中充滿複雜的情緒。他既為這個奇蹟驚嘆不已，又對後續的發展隱隱擔憂。

當夜幕降臨時，仍有越來越多的海水爬過大壩……

## 8

一轉眼七天過去了，阿卡巴灣的海水至少降低了十個人的高度，而在人力操作下，黑箱隨著海平面不斷下降，始終懸浮在海面正上方。魯巴等人陪伴所羅門王待在石屋內，日夜注視著這個前所未有的奇觀。

透過窗戶，他們可以清楚看到海水不斷變淺，露出斑斕的珊瑚和奇形怪狀的岩石，偶爾還能看到一些海洋生物在淺水中掙扎。而在遠處，一些從未露面的海底山脈若隱若現，像是對人間吐露大海的秘密。

「真是不可思議，」柳兒望著窗外感嘆，「海水真的被排開了，而且速度快得驚人！」

魯巴正要回應這句話，突然感到腳下一陣劇烈搖晃。隨即石屋也開始晃動，屋頂的灰塵簌簌落下。「不好！」魯巴臉色驟變，「大壩出問題了！」

眾人匆忙離開石屋，跑到一處視野良好的高地。只見大壩正在劇烈震動，像是隨時可能崩塌。

「情況很糟，」魯巴皺起眉頭，顯得憂心忡忡，「海灣內的浪濤太猛烈，大壩快要撐不住了！」他意識到情況比想像中更危急。

偃師感到難以置信：「怎麼會這樣？你們不是做過精密計算嗎？」

魯巴使勁搖了搖頭，語氣中頗有自責和懊悔：「我們雖然盡力做了最精確的計算，可是千算萬算，也未能將黑箱的威力估算在內！」

「現在該怎麼辦？」柳兒也罕見地慌了手腳。

魯巴立刻召集核心成員緊急研究，試圖找出可能的解決方案。他們討論了加固大壩、分散壓力，甚至局部放水的可能性，但每個方案都曠日廢時，根本無法救急。

時間一點一滴流逝，大壩的震動越來越劇烈。「該死，」魯巴氣極敗壞，「我們居然束手無策！」他緊握拳頭，聲音中充滿無奈和絕望。

這時，偃師突然指向北方，驚呼一聲：「快看！那是什麼？」

眾人紛紛抬頭望去，遠處海面竟然出現一個巨大的漩渦。而且，漩渦中心還射出耀眼的光芒，令人無法逼視。

所羅門王立即跪下祈禱，其他人也紛紛照做，轉瞬間，只剩魯巴和偃師兩人維持站姿。他倆對視一眼，就知道對方也這麼想：此事固然神秘，但不一定就是神蹟，有可能只是特殊的自然現象。

柳兒則是早已離開高地，眼尖的她發現已有好些匠人落水，亟待救援。此時，她活脫一隻靈活的海燕，在海岸的岩石間穿梭跳躍。

正當魯巴和偃師也要加入救人行列，突然瞥見漩渦中心似乎飛出了什麼。那物事去勢快絕，眨眼間便消失無蹤。

「你看到了嗎？」魯巴的聲音充滿震驚和疑惑。

偃師微微點頭：「看到了，但……那到底是什麼？」

他們還來不及深思這件事，又感到一陣劇烈的震動，伴隨著來自海水深處的轟鳴。魯巴回頭望向大壩，心中已有不祥的預感：最可怕的情況即將發生！

## 9

一陣震耳欲聾的巨響過後，整個世界彷彿都在顫抖。沒錯，大壩開始崩塌了！

匠人們辛辛苦苦建成的巨型水壩，此刻竟如積木般迅速崩解。巨石不停墜落，裂縫如蛛網般蔓延，整個大壩發出垂死的呻吟。

「盡快撤離！」目睹這樣的巨變，魯巴感到痛心不已，但他仍振作起精神，聲嘶力竭地大喊。只可惜，一切都太遲了！

下一瞬間，整座大壩轟然坍塌，大量的海水如脫韁野馬，爭先恐後湧入海灣。那場面，就像整個海洋發出憤怒的咆哮，要將人類的傲慢吞噬殆盡。

緊接著，一股又一股的滔天巨浪以雷霆萬鈞之勢衝向岸邊。島上的人群驚慌失措，恐懼和絕望的呼喊此起彼伏，再混雜了海浪的怒吼，形成一曲令人心悸的交響曲。

在一陣陣轟隆聲中，海水以不可阻擋的威勢席捲小島，吞噬了沿岸的一切。碼頭、工棚、吊車，甚至一些低矮的倉庫，都在頃刻間消失於滾滾波濤中。

這場災難頂多持續了一刻鐘，但眾人的感覺卻像是永恆。等到大壩碎片盡數沉沒，魯巴覺得自己的心也一起沉了下去。他和眾多同伴的無數心血，就這樣灰飛煙滅了。

不知又過了多久，狂暴的海水逐漸平息，露出一片狼藉的海岸線。處處可見斷垣、殘壁、碎石、折斷的樹木、零散的器械，以及一具又一具的死屍。

空氣中滿是血腥的鹹味，混合著泥土和碎石的氣息，好似在提醒每一位倖存者，這場劫難絕非一場夢。

然而在遠處，海水早已恢復往昔的平靜。陽光灑在海面上，波光粼粼，海風習習，彷彿什麼也未曾發生……

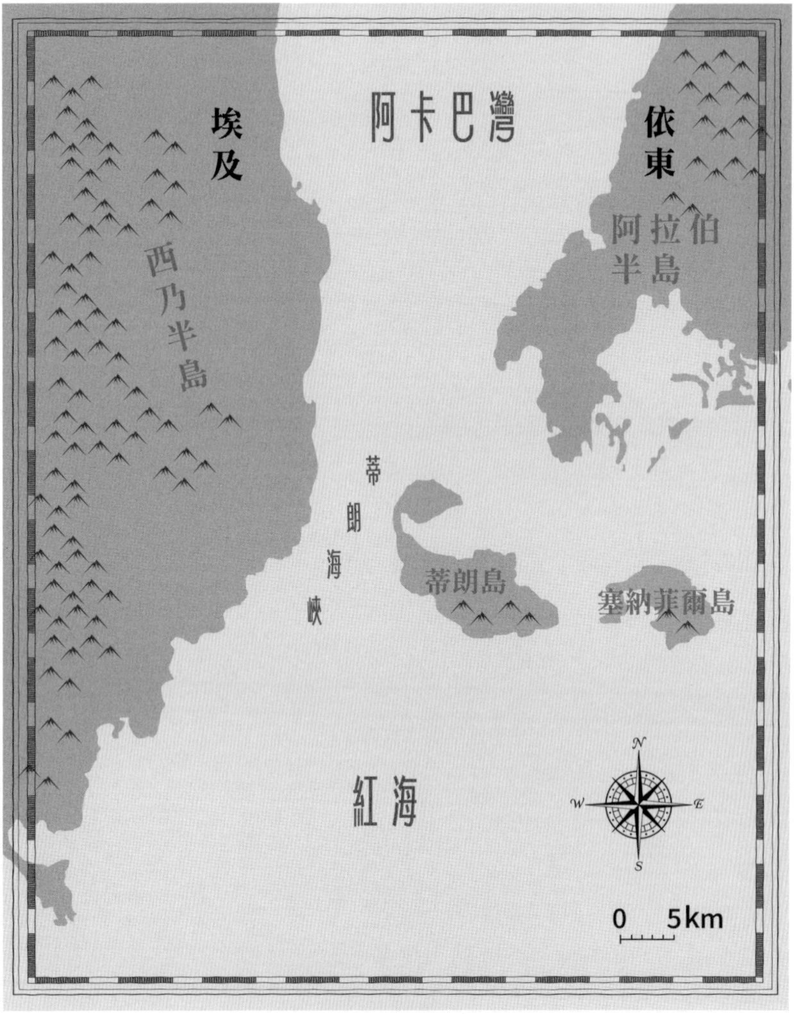


阿卡巴灣南端

# 尾聲

# 1

半個月後，魯巴終於鼓起勇氣來到王宮。這段時間，他內心充滿迷茫，天天在思索如何面對所羅門王。

「陛下，」魯巴深深一鞠躬，聲音有幾分哽咽，「我專程來辭行。」

所羅門王端坐在王座上，雙眼緊盯魯巴。「你真的要走了？」

魯巴微微點頭，神情黯然道：「是的，陛下。不過，我必須先為大壩的失敗向陛下正式道歉。身為總工程師，責任全在我身上。」

所羅門王揮了揮手，以溫和卻堅定的口吻說：「魯巴會長，你大可不必自責，這次的失敗並非你的錯。有時候，即使最睿智的人，也無法預料所有的後果。」

「不，陛下，」魯巴堅持道，「都怪我思慮不周，冒然對這項工程投下關鍵的贊成票。正因為如此，我已辭去匠人公會會長一職。」

所羅門王微微皺眉：「是嗎？那麼，你打算去哪裡？」

「我想再雲遊幾年，」魯巴答道，「然後回到埃及，為當今法老效力。我認為唯有這麼做，才有機會找回自己。」

所羅門王沉默了一會兒，又突然開口：「魯巴，你別急著告退，我……有些話想跟你說。」聲音中透出罕見的猶豫。

魯巴抬起頭，恭敬地答道：「屬下恭聽。」

所羅門王起身走到窗前，目光射向遠方的地平線。「你可知道，我之所以想方設法與耶和華直接溝通，其實……背後有個秘密的心願。」

這句話令魯巴有些意外，但他並未打斷國王，只是繼續默默聆聽。

「從小到大，我一直被譽為智慧過人。」國王的聲音中帶著苦澀，「如今，我更被天下人視為智慧的化身。但有一件事，我卻始終想不通！」

說到這裡，所羅門王猛然轉身，與魯巴四目相交，似乎猶豫了一下。「我想不通的是，至高無上、全知全能的耶和華，為何如此喜怒無常，而且心胸如此狹窄，以致……不時有背離公義和信實之舉？」

聽完這番話，魯巴心頭一震。如此離經叛道的言論，居然出自以色列國王之口，恐怕是任何人做夢也想不到的事！他突然感到一陣眩暈，彷彿整個世界都在旋轉。

所羅門王擠出一抹苦笑，繼續說下去：「我想你多少也知道，根據我們世代相傳的《教誨書》，耶和華動輒就要毀掉一個城市，滅絕一個民族；祂要求子民絕對忠誠，卻又以殘酷的方式考驗我們，試探我們！這是為什麼？為什麼？」

魯巴不知如何回答，索性反問：「陛下告訴我這些，請問又是為什麼？」

所羅門王嘆了一口氣，有氣無力答道：「不為什麼，只因為我知道你是外邦人，對耶和華沒有堅定的信仰。而且，你很快就要走了。」

這句話，讓魯巴感到一股莫名的悲涼。他今天才知道，眼前這位舉世公認的智慧之王，內心竟然藏著如此沉重的疑問，以致亟需一個傾訴的對象。這一刻，在魯巴眼中，所羅門不再是無所不知的君王，只是一個滿腹疑團的凡夫俗子。

「陛下，每個人都有自己的信仰，以及屬於自己的懷疑。我相信，總有一天，天賜的智慧將引導陛下找到答案。」魯巴安慰道。

所羅門王再度苦笑：「謝謝，也許吧。魯巴，祝你一路平安。或許有一天，我們還能再見？」

魯巴深深一鞠躬，以無比誠摯的口吻說：「感謝陛下。我永遠不會忘記這段經歷，也永遠不會對人提起。」

## 2

郊外一座小山丘上，魯巴正在靜靜等待。夕陽餘暉灑在他高大的身軀，為他的輪廓鍍上一層金邊。微風輕拂，帶來橄欖樹的陣陣清香，令人心曠神怡。

遠處，一個窈窕的身影漸漸接近——是柳兒。

「你特別囑咐要我一個人來，想必有特殊用意？」柳兒的聲音透出幾分好奇。每當偃師不在場，她都自然而然說起埃及語。

魯巴微微一笑，居然顯得有點靦腆。「是的，有個困擾我許久的問題，我必須私下問你。」

柳兒大方地在魯巴身旁坐下，目光聚焦在遠方。夕陽將天空染成橘紅色，彷彿為這場對話設置一個瑰麗的背景。「說吧！」她的聲音輕柔而堅定。

魯巴做了兩下深呼吸，像是在鼓起勇氣。「還記得我們剛認識的時候嗎？那時，我問過你一個問題，結果被你倆嘲笑一番。」

柳兒轉過頭，直勾勾望著魯巴。「是嗎？我怎麼不記得？」聲音中帶著點調侃。

「如今，我們共同經歷了許多風風雨雨，」魯巴也直視柳兒的眼睛，「我還是忍不住要再問一次。」

柳兒突然笑了起來，笑聲如銀鈴般清脆。「哈哈，你仍然在懷疑我是人偶，對嗎？」

魯巴微微一怔，隨即點了點頭，眼中透出七分期待和三分不安。

柳兒猛然起身，在魯巴面前轉了一圈。夕陽映照在她身上，為她增添幾分嫵媚。「魯巴大叔，」她故意用這個久違的稱呼，「你看，我有血有肉，會呼吸，會流汗，甚至還會流淚。我怎麼可能是人偶呢？」

「可是，」魯巴流露出明顯的困惑，「你的武功出神入化，你的語言天分無人能及，你甚至能在水中行動自如——這些都不是常人做得到的。」

柳兒俏皮地眨了眨眼睛。「那麼，你認為我是什麼呢？是偃師製造的機關？還是神靈賜予生命的雕像？或者，我是從天而降的仙女？」

魯巴一時語塞。

柳兒繼續說下去，口吻越來越嚴肅：「你有沒有想過，世上的奧秘遠比我們想像多得多？有些生命，並非一定能用『人』或『偶』來界定的。」

「那你到底是……」魯巴還想追問，卻被柳兒硬生生打斷。

「重要嗎？我們一起經歷了那麼多波折，共同面對了那麼多挑戰。我們之間的友誼，難道會因為我究竟是人是偶，而有任何改變嗎？」

接下來，是一段令人尷尬的沉默。晚風輕拂，帶來些許涼意，魯巴的額頭卻滲出了汗珠。良久，他才再度開口：「有道理！無論你是人是偶，對我來說並沒有區別。你永遠是我的朋友，是我最信任的夥伴。」

柳兒露出滿意的微笑：「這才是我熟悉的魯巴大叔。記住，有些謎是不需要解開的。保持一點神秘感，不是挺有趣嗎？」

魯巴臉上堆滿溫暖的笑容。「你說得對，就讓這個謎永遠藏在我心裡吧。」

兩人相視一笑，沒有再多說什麼。夕陽漸漸西沉，為這場對話畫上一個溫馨的句點。天上已有幾顆星星開始閃爍，彷彿在見證這段深厚的友誼。

## 3

城中一座小庭院裡，魯巴和偃師相對而坐。夜幕低垂，星光點點，一盞油燈在兩人之間搖曳，映照出他倆心事重重的面容。

「偃師老弟，」魯巴開口道，「我們再來談談納布什木吧。」

「這個神秘人物，確實值得多推敲幾回。」偃師道，「對了，聽說他已經被送回亞述帝國，是吧？」

「沒錯，所羅門王對我再三保證，他是以罪犯的身份被押送回去的。」魯巴板起臉孔，「從此以後，就再也沒有他的消息了。但我總覺得，事情並沒有那麼簡單。」

偃師若有所思地輕輕敲打桌面。「最近我們經常討論納布什木的後台是何方神聖，今天，你是不是又有什麼新的想法？」

魯巴深吸一口氣，似乎正在醞釀一番重要的陳述。油燈的火焰不停跳動，在他臉上映出變幻不定的光影。「今天，我想跟你說一個可能令你覺得瘋狂的想法。」

偃師挑了挑眉：「哦？說來聽聽。」

「你有沒有想過，」魯巴壓低了聲音，像是要分享一個大秘密，「納布什木的後台，可能不屬於這個世界？」

偃師愣了一下，眼睛微微睜大。「什麼意思？」

魯巴眼中閃爍奇異的光芒。「我在愛琴海岸遇到過一位智者，他深信每顆星都是一個世界，都有可能孕育出生命。」

偃師張大了嘴，一時之間不知如何回應。無巧不巧，油燈的火焰也跳動起來，平添了幾分詭異的氣氛。

魯巴繼續道：「你還記得大壩崩塌前，有個瞬間消失在天際的物事嗎？」

偃師猛然點頭：「當然記得，那是個無從解釋的景象。」

「正是那個景象給了我靈感，」魯巴道，「在納布什木身上，有太多無法用常理解釋的事。他掌握的技術遠超過這個時代，他對機關人偶的執著令人匪夷所思，還有……總而言之，這一切都指向一個可能，他背後的主使者，可能來自一個我們無法想像的世界。」

「但是我們沒有證據！」偃師提醒道。

「是的，沒有證據，」魯巴坦然承認，「所以只能算猜測。可是，偃師老弟，你不覺得這個猜測能解釋很多原本無解的事嗎？」

「確實如此。不過，即使你的猜測正確，我們又該如何應對？我們的知識肯定遠不及他們，更遑論技術了。」

「至少，我們要保持警惕。」

兩人相望一眼，都從對方眼中看到幾分不安。

## 4

耶路撒冷城外，魯巴和馬兒的身影漸行漸遠。偃師與柳兒並肩而立，仍然在目送他們的摯友。

「魯巴兄，在我心中，你是永遠的巨匠！」雖然明知對方聽不見了，偃師還是一直重複這句話，聲音中充滿敬意和不捨。

「他毅然決然走了，」柳兒眼中閃過一絲傷感，「我們呢？」

偃師回過神來，轉身面對柳兒。微風拂過他倆的臉龐，帶來一股清涼的氣息。「我想我會回吐魯番，」偃師道，「那裡畢竟是我的家鄉。你呢？柳兒，你又要去哪裡？」

柳兒沉思片刻，眼神漸趨深邃。「我先問你，你要找穆王取回那個人偶嗎？」

偃師搖了搖頭，笑道：「不必了。過去一年多的經歷，讓我有了更多的奇思妙想，還學到好些意想不到的技術。只要有心，我隨時能造一個更好的。原來那個人偶，就留給穆王玩賞吧。」

柳兒閃過一個俏皮的眼神：「既然這樣，我也不必回鎬京了。」

「為什麼？」偃師一頭霧水。

柳兒露出一抹神秘的笑容：「穆王說過『來而不往非禮也』，難道你忘了？」

「喔，我懂了！」偃師笑道，「不，你還是得去一趟鎬京。」他趕緊又補了一句。

柳兒嫣然一笑：「對，人而無信不知其可，我得替所羅門王捎個口信。」

兩人手牽手走回城中，旭日緩緩升起，將天際染成一片金紅，預示著他倆即將展開的新篇章。

R 103

# 匠心
## 魯巴三部曲之一

作者：葉李華
封面插畫：畫畫的柚子
責任編輯：張晁銘
美術設計：何萍萍、簡廷昇
校對：李亞臻
內頁排版：蔡煒燁
內頁插圖：烏石設計

出版者：大塊文化出版股份有限公司
台北市105022南京東路四段25號11樓
www.locuspublishing.com
讀者服務專線：0800-006689
TEL：(02)87123898 FAX：(02)87123897
郵撥帳號：18955675
戶名：大塊文化出版股份有限公司
法律顧問：董安丹律師、顧慕堯律師


**印務統籌：大製造股份有限公司**

總經銷：大和書報圖書股份有限公司
新北市新莊區五工五路2號
TEL：(02) 89902588 FAX：(02) 22901658

初版一刷：2025年7月
定價：新台幣380元
ISBN：978-626-433-026-8
Printed in Taiwan

圖片來源：
第三章，巴比倫古城：Wright, John Henry, "A history of all nations from the earliest times; being a universal historical library" (1905), p.148
第七章，耶路撒冷古城：Charles F. Kent, A History of the Hebrew People: From the Settlement in Canaan to the Division of the Kingdom(1901)
第九章，所羅門聖殿：Tombah from Wikimedia Commons, CC BY-SA 4.0
本書引用之內頁圖片，除前述標示取自公領域來源或根據創用CC4.0授權使用外；其餘圖片均參考現實地貌重繪、翻譯而成。

國家圖書館出版品預行編目（CIP）資料

匠心：魯巴三部曲. 1/葉李華著. -- 初版. -- 臺北市：大塊文化出版股份有限公司, 2025.07
面；　公分. -- (mark ; 201)

ISBN 978-626-433-026-8(平裝)

863.57　　114007538

LOCUS

LOCUS

LOCUS

LOCUS